Valet de pique

Du même auteur

Aux éditions Philippe Rey
Délicieuses pourritures
La Foi d'un écrivain
Les Chutes (prix Femina étranger)
Viol, une histoire d'amour
Vous ne me connaissez pas
Les Femelles
Mère disparue
La Fille du fossoyeur
Journal 1973-1982
Fille noire, fille blanche
Vallée de la mort
Petite sœur, mon amour
Folles nuits
J'ai réussi à rester en vie
Le Musée du Dr Moses
Petit oiseau du ciel
Étouffements
Le Mystérieux Mr Kidder
Cher époux
Mudwoman
Maudits
Premier amour
Carthage
Daddy Love
Dahlia noir & Rose blanche
Sacrifice

Aux éditions Stock
Amours profanes
Aile de corbeau
Haute enfance
La Légende de Bloodsmoor
Marya
Le Jardin des délices

Suite en fin de volume

Joyce Carol Oates

Valet de pique

roman

Traduit de l'anglais (États-Unis)
par Claude Seban

Philippe Rey

Titre original : *Jack of Spades*

7, rue Rougemont – 75009 Paris

www.philippe-rey.fr

Pour Otto Penzler

« Nous sommes sur le bord d'un précipice. Nous regardons dans l'abîme – nous éprouvons du malaise et du vertige. Notre premier mouvement est de reculer devant le danger. Inexplicablement nous restons. »

Edgar Allan Poe,
Le Démon de la perversité
(traduction de Charles Baudelaire)

I

1

La hache

Et soudain, la hache. On ne sait comment il y avait une hache et décrivant une courbe sauvage en direction de ma tête elle s'éleva et s'abattit à l'instant même où je cherchais à me relever et perdais l'équilibre en tentant désespérément de fuir, mes jambes se dérobant sous moi, et cette voix rauque, implorante : « Non ! Non je vous en supplie ! Non » – (était-ce ma propre voix, étranglée, méconnaissable ?) – et la lame de la hache frappa et fendit le bureau manquant ma tête de quelques centimètres ; je m'étais alors écroulé lourdement sur le sol, un sol dur, inhospitalier, sous le tapis d'Orient élimé. Je m'efforçais de me redresser, d'empoigner la hache, avec un désespoir farouche, aveugle, mes bras battant l'air, et la voix (la mienne ? celle de mon agresseur ?) suraiguë et à peine humaine – « Non ! *Nooon* » – un aperçu fugitif des doigts courtauds de l'agresseur, de bras livides et noueux sous les manches vaporeuses d'un vêtement de nuit, et un grognement de triomphe et de fureur ; et de nouveau la terrible élévation de la hache, l'éclat mat de sa tête brutale, la courbe de la Mort irrésistible une fois l'élan donné, plongeant irréparablement dans un crâne humain aussi facile à fendre qu'un melon seulement protégé d'une écorce épaisse, et révélant la matière grise pulpeuse du cerveau dans un jaillissement torrentiel de sang artériel.

Et toujours cette voix incrédule *Non non non non non.*

2
« Valet de pique »

Cinq mois, deux semaines et six jours auparavant, cela avait commencé innocemment. Rien ne permettait de soupçonner que le « Valet de pique » jouerait le moindre rôle.

Car personne ici à Harbourton n'avait entendu parler du « Valet de pique » – aujourd'hui encore, personne n'est au courant. Aucun des proches d'Andrew J. Rush : parents, femme et enfants, voisins, vieux amis de lycée.

Ici, dans ce village mi-banlieusard, mi-rural du New Jersey, où je suis né il y a cinquante-trois ans, et où je vis avec ma chère femme Irina depuis plus de dix-sept ans, je suis « Andrew J. Rush » – sans doute l'habitant le plus célèbre de la région, auteur de romans à énigme et à suspense, pimentés d'une touche de macabre, qui se vendent bien. (Rien d'excessif, de franchement désagréable ou de dérangeant. Jamais d'obscénité ni même de sexisme. Les femmes sont traitées avec courtoisie dans mes romans, les quelques passages obligés du genre *noir* mis à part. Les cadavres sont généralement ceux d'hommes blancs adultes.) À la sortie de mon troisième best-seller, dans les années 1990, les médias commencèrent à me qualifier de *Stephen King du gentleman.*

Je fus flatté, naturellement. Les ventes de mes romans, si elles atteignent les millions d'exemplaires après un quart de siècle d'efforts, sont encore dans l'ordre des dizaines et non des centaines de millions de Stephen King. Et si mes livres ont été traduits dans près de trente langues – une source d'étonnement pour moi, qui n'en connais qu'une seule –, je suis certain que ceux de Stephen King l'ont été davantage encore, et avec davantage de profit. Par ailleurs, seuls trois films (vite oubliés) et deux fictions TV (sur des chaînes câblées périphériques) ont été adaptés de mes romans, alors que King a fait l'objet d'adaptations indénombrables.

Pécuniairement parlant, il n'y a aucune comparaison possible entre Andrew J. Rush et Stephen King. Mais lorsqu'il vous reste, après impôts, un peu plus de trente millions de dollars, vous cessez tout bonnement de penser à *l'argent*, comme, peut-être, un tueur en série cesse de penser au nombre de personnes qu'il a tuées, passé les premières dizaines de victimes.

(Pardonnez-moi ! Cette remarque était certainement cynique, et ma chère Irina m'aurait sans nul doute réprimandé d'un discret coup de pied dans la cheville, comme elle le fait parfois quand je tiens des propos incongrus en public. *Mon intention n'était absolument pas d'être cynique*, je cherchais seulement à me montrer « spirituel » – à ma manière maladroite.)

Quoique très flatté par la comparaison avec Stephen King, je refusai d'autoriser mon éditeur à la reproduire sur la couverture de mon roman suivant avant d'en avoir préalablement demandé l'autorisation à King ; mon admiration pour Stephen King – oui, et ma jalousie à son égard – ne me rendait pas aveugle à la possibilité que cette comparaison pût lui paraître offensante, aussi bien qu'opportuniste. Mais Stephen King sembla s'en moquer éperdument. Il aurait simplement dit, en riant : *Qui voudrait être le Stephen King du gentleman, de toute manière ?*

(Était-ce là la remarque condescendante d'une légende littéraire, revenant à chasser une mouche importune, ou simplement la réplique affable d'un confrère écrivain ? Andrew J. Rush étant lui-même un homme affable, j'optai pour la seconde proposition.)

En guise de remerciement, j'envoyai à Stephen King plusieurs exemplaires signés de mes romans les plus connus en édition de poche à son adresse personnelle de Bangor, dans le Maine. En épigraphe, sur la page de titre du plus récent, cette plaisanterie :

Pas un gêneur, Steve –
Juste un confrère !
En toute admiration –
ANDREW J. RUSH

« Andy »
Mill Brook House
Harbourton, New Jersey

Naturellement je ne m'attendais pas à recevoir de réponse d'un homme aussi occupé et, effectivement, je n'en reçus pas.

Les parallèles entre Stephen King et Andrew J. Rush ! Je suis néanmoins certain qu'ils sont purement fortuits.

Un peu comme Stephen King qui, paraît-il, s'est demandé si son extraordinaire carrière n'était pas une sorte d'accident, il m'est arrivé de nourrir des doutes sur mon talent d'écrivain ; de me sentir coupable à l'idée que des gens plus doués que moi avaient eu moins de chance et pouvaient à juste titre m'en vouloir. Pour ce qui est de mon dévouement à mon art, de mon ardeur et de mon empressement au travail, j'ai moins de doutes, car la vérité est que *j'adore écrire* et que je deviens nerveux dès que je suis dans l'incapacité de travailler à mon bureau au moins dix heures par jour. Mais quelquefois, quand je me réveille en sursaut au milieu de la nuit, ne sachant l'espace d'un instant où je me trouve ni qui dort près de moi, il me semble absolument stupéfiant d'être un auteur publié – et plus encore un auteur fortuné, généralement admiré, ayant à son actif vingt-huit romans policiers.

Romans qui sont publiés sous mon nom légal, connu de tous: *Andrew J. Rush.*

Il y a une autre similarité curieuse entre Stephen King et moi: de même qu'il a eu recours il y a quelques années à un *alter ego* fictif, à savoir *Richard Bachman*, de même j'ai commencé à recourir à un *alter ego* fictif à la fin des années 1990, quand la carrière d'*Andrew J. Rush* parut se stabiliser et ne me demanda plus tout à fait la même dépense d'énergie anxieuse qu'au début. Ainsi le *Valet de pique* naquit-il du trop-plein d'énergie que me laissait le succès d'*Andrew J. Rush.*

Au départ, j'avais pensé écrire un, peut-être deux romans, sous la plume plus crue, plus viscérale, plus franchement horrifiante du Valet de pique – mais ensuite des idées me vinrent pour un troisième, un quatrième et finalement un cinquième roman, souvent à des heures inattendues de la nuit. Je me réveille pour découvrir que je grince des molaires – ou plutôt que *mes molaires grincent d'elles-mêmes* – et, peu après, une idée me vient pour un nouveau roman du Valet de pique, un peu à la manière dont un message ou une image apparaît à l'improviste sur votre écran d'ordinateur.

De même qu'Andrew J. Rush a un agent littéraire à Manhattan, un éditeur et une maison d'édition à Manhattan ainsi qu'un agent à Hollywood, avec qui il travaille depuis longtemps, le Valet de pique a un agent littéraire (moins réputé) à

Manhattan, un éditeur et une maison d'édition (moins réputés) à Manhattan, et un agent (quasi inconnu) à Hollywood, avec qui il travaille depuis moins longtemps ; mais tandis qu'« Andy Rush » est connu de ses interlocuteurs littéraires, comme de ses voisins et amis de Harbourton, personne n'a jamais rencontré le Valet de pique, dont les thrillers noirs sont transmis par voie électronique et dont les contrats sont également négociés de manière impersonnelle. Les photos de couverture d'Andrew J. Rush montrent, sur un fond de bibliothèque, un homme au sourire affable, aux yeux plissés et au front dégarni, ressemblant davantage à un professeur de lycée qu'à un auteur de romans policiers ; il n'existe, semble-t-il, aucune photo du Valet de pique, et à l'emplacement où l'on s'attend à voir la photo de l'auteur, au dos de la couverture de ses livres, un espace vide (noir) surprend le regard.

Sur Internet, on ne trouve aucune photo du « Valet de pique », mais seulement la reproduction des couvertures (sensationnelles, racoleuses) de ses romans, quelques critiques, et de brèves hypothèses biographiques qui me font sourire tant elles sont naïves et convaincantes : *Le « Valet de pique » serait le pseudonyme d'un ancien détenu ayant débuté sa carrière d'écrivain dans un quartier de haute sécurité du New Jersey où il était incarcéré pour homicide involontaire. Il serait actuellement en liberté conditionnelle et travaillerait à un nouveau roman.*

De façon tout aussi convaincante, le Valet de pique a également été donné pour *un criminologue, un psychiatre, un professeur de médecine légale, un enquêteur de police (à la retraite), un pathologiste (à la retraite)*, habitant dans des endroits aussi divers que le Montana, le Maine, le nord de l'État de New York et la Californie, ainsi que le New Jersey.

Le Valet de pique a aussi été donné, de façon plus irresponsable, pour un *criminel endurci, peut-être un tueur en série, ayant commis d'innombrables crimes depuis son jeune âge sans avoir jamais été appréhendé ni même identifié. Invariablement, son véritable nom comme l'endroit où il se trouve sont « inconnus ».*

Personne ne veut penser que le « Valet de pique » n'est qu'un *pseudonyme*, qui plus est celui d'un écrivain à succès, lequel, loin d'être un criminel, est un père de famille très responsable et un citoyen engagé. Cela ne serait pas romantique !

Il devient de plus en plus difficile de garder un secret aussi compliqué, surtout à notre époque d'espionnage électronique, mais tout au long de la publication des quatre romans du « Valet de pique » et des négociations pour le cinquième je suis parvenu à maintenir une distance entre Andrew J. Rush et le « Valet de pique ».

Cela signifie que mes principaux associés ignorent tout de mon côté *noir*. Quel serait leur accablement s'ils apprenaient qu'Andrew – « Andy » – Rush s'est construit une identité secrète d'écrivain à leur insu ! Ce serait un peu comme si une épouse heureuse en ménage découvrait que son mari lui est infidèle depuis des années – sans avoir jamais laissé soupçonner que son bonheur n'était pas entier.

Oh, Andrew ! Comment as-tu pu ! C'est si épouvantable…

Aux petites heures du matin, quand je me réveille en sursaut, étendu près d'Irina qui me fait une absolue confiance, ce sont des mots comme ceux-là qui me serrent le cœur de culpabilité.

… et les romans du « Valet de pique »… si épouvantables, si dépravés…

Oui, je dois le reconnaître : si je n'avais pas écrit moi-même les romans *noirs* du Valet de pique, ils m'inspireraient de la répulsion.

Naturellement, ma/notre identité n'a pas (encore) été révélée. Je suis résolu à ce qu'elle ne le soit jamais.

Dans mes fantasmes, le Valet de pique serait prêt à tuer pour conserver son identité – mais, naturellement, il ne viendrait jamais à l'idée d'Andrew J. Rush de faire du mal à quiconque. (Peut-être n'est-ce pas tout à fait exact : j'ai probablement rêvé de « faire du mal » à quelques personnes méritant d'être punies. Mais jamais dans ma vie éveillée je n'approuverais *une punition extrajudiciaire* et quand je suis interviewé je déclare que, étant donné les vicissitudes de notre système judiciaire américain, gangrené par le racisme, je ne suis pas favorable à la peine capitale.) De nous deux, c'est le Valet de pique qui a la plus haute opinion de lui-même comme écrivain, ou comme « visionnaire » ; Andrew J. Rush espère plus modestement être admiré comme excellent écrivain de romans policiers divertissants. Et cependant, Andrew Rush a remporté il y a quelques années le prix Edgar du meilleur premier roman policier et a été sélectionné pour quelques autres récompenses, alors que le Valet de pique n'a jamais – jusqu'à présent – été distingué pour quoi que ce soit.

Enfin, peut-être n'est-ce pas entièrement vrai. Les listes Internet *Meilleurs romans noirs*, *Noir extrême*, *Le X du Noir*, etc., incluent souvent des titres du Valet de pique, et il faut reconnaître qu'il est une sorte d'auteur culte pour un public underground de quelques milliers de personnes, au bas mot.

Je ne sais pas vraiment pourquoi j'éprouve une telle anxiété à l'idée que mon secret soit révélé ; je ne suis pas un criminel, après tout ! L'argent que je dois au fisc sur les revenus de Rush et du Valet de pique, en dépit d'une gymnastique compliquée et du recours obligé à deux comptables au lieu d'un seul, est scrupuleusement versé ; je ne lèse pas le gouvernement américain d'un seul *cent*. (Dans l'un de ses premiers romans, le Valet de pique décrit avec un luxe de détails horrifiques l'éviscération d'un agent du fisc qui a fouillé dans la vie privée d'un milliardaire psychopathe – mais Andrew J. Rush n'éprouve que répugnance pour cette prose à sensation.) Mieux que cela, j'adore ma vie banlieusarde de « père de famille » plus ou moins conventionnel, platement paisible et prévisible : j'ai le style Brooks Brothers et porte souvent des cravates, car j'aime avoir le cou serré par ce prétendu nœud coulant ; mon côté « bohème » – plaisante ma famille – se limite à porter des Birkenstock et à négliger de me raser l'espace de quelques jours, ce qui me fait ressembler, dans un miroir brouillé, à l'une de ces stars de film d'action à la mâchoire lourde, hérissée de poils métalliques, évoquant des prédateurs ataviques. J'ai été un fils dévoué – sans doute parfois un peu distrait – pour mes parents vieillissants, mais toujours en bonne santé, qui habitent à Harbourton la maison en crépi et brique rouge de Myrtle Street où j'ai grandi, et qui sont fiers du « succès » de leur fils, dont ils lisent les livres avec beaucoup d'orgueil et de joie ; j'ai été un époux dévoué – sans doute parfois un peu distrait – pour Irina, que j'ai rencontrée quand nous étions étudiants à Rutgers au début des années 1980 ; mes trois enfants, aujourd'hui adultes, attesteraient certainement que j'ai été un très bon père (« super », dans leur vocabulaire), avec lequel ils ne se sont (probablement) jamais sentis tout à fait à l'aise, car quel écrivain est jamais totalement *là* pour ses enfants, même quand ils ont besoin de lui ? Et quel mari est continuellement *là* pour sa femme, des années durant, même quand il l'adore ?

Ce ne sont que des secrets de Polichinelle, pour ainsi dire. De ceux que nous n'osons exprimer de peur de blesser nos proches.

(Le Valet de pique n'ayant personne qui lui soit proche, sans parler de quelqu'un qu'il adore, révéler n'importe quel secret ne le dérangerait pas le moins du monde !)

Bien qu'étant aujourd'hui, à la cinquantaine, un homme au caractère très égal, je suis certain d'avoir souffert, enfant, d'une forme sévère de TDA – trouble déficitaire de l'attention.

À l'école primaire, il m'était quasi impossible de rester assis à un pupitre et de ne pas parler à mes camarades de classe, qu'il m'arrivait même de bourrer de coups. Si dans l'ensemble mes enseignants semblent m'avoir apprécié et avoir loué mon travail, je ne devais pas être un enfant facile dans une salle de classe, car il me semblait parfois être piqué et mordu par une armée de fourmis rouges. J'éprouvais l'envie irrésistible de bondir de mon siège, de me gratter par tout le corps et de hurler – des mots que je connaissais à peine – des jurons, des obscénités ! (Mais je ne l'ai jamais fait, naturellement. À dix ans, j'avais appris à me mordre la langue – au sens propre – ainsi que l'intérieur de la bouche ; j'appris à grincer des molaires pour me forcer au calme.) Mes parents me réprimandaient quand « j'avais la danse de Saint-Guy » (comme ils disaient), mais je ne pense pas avoir été jamais physiquement puni ni même sévèrement grondé.

J'étais également sujet aux accidents ! Trébucher et tomber, m'écorcher les genoux, me fouler cheville ou poignet ; dévaler trop vite l'escalier, tomber et me fêler le crâne contre la rampe ; manquer me noyer dans l'étang de la carrière de Catamount State Park quand, à l'âge de douze ans, j'avais sauté – ou été poussé par un garçon plus âgé – du plus haut des plongeoirs.

Souvent, aujourd'hui encore, j'entends des cris au loin : *Ce garçon ! Il se noie ! Sauvez-le…*

Juste au-dessous du plongeoir. On dirait qu'il s'est cogné la tête…

Avec le temps, je me débarrassai de cette agitation chronique, qui afflige certainement bon nombre d'enfants, notamment les jeunes garçons. Par bonheur, le diagnostic TDA n'existait pas en ce temps-là, et on ne traitait pas les enfants agités à coups de médicaments, sans quoi j'aurais pu avoir le cerveau endommagé par les narcotiques. (Personne ne peut m'assurer que bourrer de jeunes enfants de médicaments aussi puissants n'aura pas d'effet à long terme.) Et cependant, au lycée, j'éprouvais apparemment de temps à autre le besoin de me libérer de ma personnalité de « bon élève » en me joignant aux farceurs et aux petits malins, mais toujours de façon temporaire – et subrepticement. Car je ne voulais pas mettre en péril mes notes, généralement bonnes, ni ma respectable réputation de *Garçon le plus sérieux* de la promotion 1979.

Je trouve agaçant, mais sans plus, que mes romans ne soient pas régulièrement recensés par la *New York Times Book Review* et qu'ils le soient, invariablement, dans des panoramas de la littérature policière ; quant à ceux du Valet de pique, ils n'ont jamais fait l'objet d'une seule recension dans la *Review*, sans doute parce qu'ils sont publiés directement en poche et que, du fait de la crudité de leur contenu et de leur écriture rien moins que recherchée, ils sont jugés indignes du radar du *Times*. Pourtant, le Valet de pique vend étonnamment bien pour un auteur quasi inconnu qui ne bénéficie d'aucune publicité : son premier roman a fini par atteindre les trente-cinq mille exemplaires, et continue à se vendre ; le quatrième tourne autour de cinquante à soixante mille exemplaires, et son adaptation cinématographique est en cours de négociation. (Si cela ne se fait pas, je ne m'en porterai pas plus mal, car les feux de la publicité risquent d'éclairer par contrecoup Andrew J. Rush, ce qui serait regrettable. Et je n'ai que faire de cet argent !) Mais il y a quelques jours à peine, est paru dans la rubrique « Arts » du *Times* un article étrange et inattendu, que j'ai découvert par pur hasard, étant donné qu'aucune de mes connaissances ne l'aurait signalé à mon attention :

> Les Éditions Gryphon annoncent la sortie d'un cinquième titre du Valet de pique à l'automne : *Fléau*. Il semble que le Valet de pique ne soit pas seulement l'auteur

de romans résolument noirs, mais qu'une énigme plane aussi sur son identité, car personne ne semble savoir qui il, ou elle, est – pas même son éditeur ni son attaché de presse. On ignore jusqu'à l'adresse du Valet de pique… et s'il s'agit d'une personne réelle, et non (comme une rumeur le laisse entendre) des fonds de tiroir d'un célèbre écrivain américain misanthrope qui serait mort en 2006 « dans des circonstances suspectes ».

Cette lecture me stupéfia : quelle absurdité ! Quel journalisme irresponsable ! Une rumeur aussi dépourvue de fondement que celles qui circulaient sur la toile concernant le Valet de pique. Néanmoins, dans un instant d'affolement, j'eus presque le sentiment qu'il existait bel et bien une personne indépendante, autonome, connue sous le nom de Valet de pique, et dont je ne savais rien.

On avait informé l'équipe éditoriale des Éditions Gryphon que le Valet de pique était le pseudonyme d'un professionnel libéral à la retraite demeurant dans la région de New York, qui souhaitait garder le secret sur sa carrière littéraire, y compris auprès de sa famille ; ce minimum de faits, tout le monde chez Gryphon avait juré de ne pas le révéler. Et donc, quand par le biais d'un compte de messagerie ne permettant pas de remonter jusqu'à moi je me fis passer pour l'agent du Valet de pique, et que je demandai à la directrice de la publicité de Gryphon qui tenait sur mon client les propos qui s'étaient retrouvés dans le *New York Times*, la jeune femme assura n'en avoir aucune idée. Elle ne savait, insista-t-elle, que ce qui lui avait été dit… par l'agent du Valet de pique. *C'est un professionnel libéral à la retraite habitant dans la région de New York qui tient à garder son identité secrète, et nous respectons ce souhait.*

L'idée me vint qu'il me faudrait peut-être liquider le Valet de pique après son cinquième roman. Car je ne voulais pas que ses liens avec moi – mes liens avec lui – soient découverts. Une telle disparition était facile à organiser : il suffisait que je cesse d'écrire sous ce pseudonyme sans donner d'explication à l'agent ni à l'éditeur. L'auteur de romans noirs serait alors vite oublié, et ses livres vite épuisés.

« Qu'est-ce que c'est que ça, papa ? »

Julia, ma cadette, qui nous rendait visite pour le week-end, à sa mère et à moi, tomba par hasard sur une pile de livres de poche du Valet de pique, posée sur une table de mon bureau ; ces livres, avec leur couverture de roman noir, envoyés par Gryphon à l'adresse d'une boîte postale du village voisin de Hadrian (que je louais à ces fins clandestines), j'avais commis la négligence de les laisser en vue. D'ordinaire, lorsque j'introduis le Valet de pique dans cette maison, je veille à dissimuler immédiatement ses livres dans un endroit sûr, au sous-sol, à côté d'étagères occupées par les traductions des livres d'Andrew J. Rush auxquelles personne n'accorde jamais un regard. (Après vingt-huit livres, dont chacun a engendré de nombreuses traductions, je vous laisse imaginer les archives qui se sont amassées dans ce sous-sol obscur !) Mes premières éditions américaines et anglaises sont fièrement exposées dans la salle de séjour, sur les étagères en bois d'acajou d'une bibliothèque encastrée ; c'est sur ce fond de livres reliés, élégants, convenables, qu'« Andrew J. Rush » est régulièrement photographié.

« "Valet de pique"… quel nom bizarre ! Bien entendu, c'est un pseudonyme, j'imagine. »

À ma consternation, ma douce Julia feuilletait *Un baiser avant de mourir*, dont la couverture était si racoleuse que je pouvais à peine me résoudre à la regarder. Mon cœur battait à grands coups irréguliers, une terrible rougeur (honte, culpabilité) m'empourprait le visage. Quelle balourdise d'avoir laissé ces exemplaires exposés à tous les regards ! Ma seule consolation était que livres et épreuves ne cessaient d'arriver dans mon bureau, et que ma famille le savait ; je pouvais donc facilement expliquer que ces poches du Valet de pique m'avaient été envoyés par un éditeur sollicitant un mot d'éloge à placer sur sa couverture.

De façon déconcertante, cependant, Julia continuait à parcourir le livre, le visage plissé de répugnance. Julia est l'intellectuelle de nos trois enfants, elle a étudié la linguistique et la théorie littéraire à l'université Brown ; une spécialisation captivante, mais inutile, qui ne l'avait apparemment pas aidée à trouver un emploi rémunérateur, de sorte qu'elle avait repris ses études afin d'obtenir un diplôme plus utile en sociologie et en travail social à Rutgers-Newark. (Naturellement, Irina et moi souscrivions à cette nouvelle aventure universitaire sans récriminer. Après tout, nous avions les moyens !) Entraînée à « déconstruire » la littérature plutôt que d'y prendre simplement plaisir ou de laisser parler ses émotions, Julia avait affûté ses talents d'analyse et d'argumentation à Brown, devenant par voie de conséquence une critique incisive et impitoyable de son pauvre père, « Andrew J. Rush », dont les romans policiers étaient, au regard des critères de la théorie littéraire, totalement désuets en termes d'intrigue, de structure, de langage et de « vision » – l'équivalent, en quelque sorte, des vêtements Brooks Brothers de papa, de ses cravates fades et de ses Birkenstock.

« Ça m'a l'air abominable, mais intéressant. Manifestement “sexiste”… à l'ancienne mode. Tu connais ce Valet de pique, papa ? »

Non. Absolument pas.

« Ce n'est pas l'un de tes amis écrivains ? »

Non. Absolument pas.

« À quoi ressemblent ses bouquins ? »

Aucune idée. Je ne les ai pas lus.

« Si ça ne te dérange pas, papa, je vais peut-être t'emprunter ce Valet de pique : il est bon pour une féministe de savoir à quoi s'en tenir sur l'ennemi. » D'un geste désinvolte, Julia mit le livre de côté sur la table.

À ce stade de la conversation, je transpirais à grosses gouttes.

Non non non non. Tu ne le feras pas.

Par bonheur, Julia est une jeune femme qui se laisse facilement distraire. Je savais que, quand elle nous quitterait, en début d'après-midi, elle aurait entièrement oublié le Valet de pique ; et, naturellement, son papa malin ne le lui rappela pas.

À ce moment-là, d'ailleurs, j'avais dissimulé les livres incriminés dans l'endroit sûr alloué à mon *alter ego*, une pièce de rangement, munie d'un cadenas, qui avait autrefois été une fruiterie, tout au fond de la cave de notre maison « historique » rénovée. Si par hasard vous jetiez un coup d'œil dans cette direction, ce que vous n'aviez aucune raison de faire, votre regard déviait vers les étagères métalliques contenant les romans policiers d'Andrew J. Rush en traduction qui, indéchiffrables et impénétrables, n'en étaient que plus imposants.

3
L'assignation. Juin 2014

« Merde ! »

Quand vous vous appelez *Rush*, recevoir un courrier adressé à *Rash* n'a rien de flatteur. En d'autres circonstances, j'aurais écarté l'enveloppe avec irritation.

Mais l'adresse était bien la mienne – Mill Brook House, 111, Mill Brook Road, Harbourton, New Jersey – et elle m'était envoyée par le tribunal municipal du comté de Hecate, Harbourton, New Jersey, ce qui m'incita à l'ouvrir, avec un frisson d'appréhension (peut-être était-ce une contravention encourue involontairement dans le village, par moi ou par Irina ?) Je vis que ce n'était pas un P.V., mais qu'il semblait s'agir d'une « assignation », en parcourant rapidement un mince document officiel de couleur verdâtre où mon nom, maladroitement tapé, était systématiquement estropié : *Andwer J. Rash*.

En l'examinant de plus près, je constatai que c'était en fait la photocopie d'un original, revêtue du sceau de l'État du New Jersey, mais floue et granuleuse comme un rêve dont il ne reste que des traces. Je lus ce document deux fois, avec une impatience grandissante et, à la seconde lecture, mon œil s'arrêta sur ces mots surprenants au bas de la page :

Si Andwer J. Rash *ne comparaît pas devant le tribunal municipal du comté de Hecate à la date et à l'heure fixées, un mandat sera délivré pour son arrestation.*

Quoi ? *Arrestation* ?

Je relus plusieurs fois ces mots sans en saisir pleinement le sens.

Paralysé, osant à peine respirer, les doigts crispés sur ce document mal photocopié.

Car c'était bien là une assignation lancée par le tribunal municipal du comté de Hecate, le 11 juin 2014, à peine trois jours plus tôt, en raison d'une plainte émise contre *Andwer J. Rash* par un certain *C. W. Haider*, lequel accusait le susdit d'un *acte de vol.*

« Un acte de… vol ? »

C'était si ridicule que j'éclatai de rire.

Un rire qui n'était pas de colère, ni d'amusement : un rire d'incrédulité.

Pour autant qu'une relecture attentive du document nébuleux me permît de le déterminer, un individu du nom de « C. W. Haider » (dont je n'avais jamais entendu parler) accusait « Andwer J. Rash » d'un genre de vol, dont la nature n'était pas explicitée. Le document n'était qu'un formulaire d'une page déclarant qu'« Owen S. Carson », un juge du tribunal de Harbourton, avait signé la convocation. À la ligne suivante, « Albert L. Steadman », procureur du tribunal, avait apposé un gribouillis de signature et, à la suivante, « Iris Flaherty », greffière, avait apposé la sienne. Le reste du document contenait des informations sur le tribunal municipal, et plus particulièrement sur le tribunal des infractions routières ; il n'y était plus fait référence à « Andwer J. Rash » ni à ce qu'il était accusé d'avoir fait en contravention d'une loi quelconque.

Je m'aperçus avec horreur que la date de l'audience n'était qu'à quelques jours de là : lundi matin à 9 heures au tribunal de Chapel Street, Harbourton – ce pittoresque bâtiment en calcaire de 1741, un monument historique du New Jersey à la rénovation duquel Irina et moi avions contribué par une campagne de collecte de fonds, quelques années auparavant.

L'assignation équivalait à une citation à comparaître, ou à un mandat d'arrêt, semblait-il… si « Andwer J. Rash » ne se présentait pas à ce petit tribunal pittoresque, il était passible d'arrestation.

Autour de ma tête, des rafales de vent, quoique l'air fût brûlant et le soleil, aveuglant : une combinaison perturbante.

Dans mon état de trouble, je savais à peine où j'étais. Une petite voix d'enfant protestait : *Mais je n'ai rien volé ! Je suis innocent.*

Je n'étais pas dans mon bureau, mais dehors, près de la route qui passait devant notre maison (bien que notre ferme de pierre fût à peine visible de la route). Comme je le faisais souvent à cette heure de l'après-midi, j'avais interrompu mon travail pour aller jusqu'à notre boîte aux lettres, au bout de l'allée de terre ; je faisais parfois l'aller-retour à petites foulées ou prenais ma vieille bicyclette anglaise, aux pneus minces démodés. Notre allée, longue de près de quatre cents mètres, traversait un ancien pré envahi d'herbes folles, de fleurs des champs et de petits arbres. C'était l'une des belles promenades de ma vie, et mes yeux s'embuaient de larmes à la pensée qu'elle était devenue *mienne.*

L'esprit en déroute, je revins sur mes pas. Le reste de mon courrier – factures, revues, publicités, un paquet de lettres de lecteurs que m'avait fait suivre mon éditeur, et même une enveloppe de mon agence littéraire qui contenait probablement un chèque considérable – m'intéressait si peu que je le déposerais en vrac sur une table de la cuisine, où Irina le découvrirait plus tard.

À l'intérieur de la maison, où la lumière était moins vive, et l'air moins agité par la menace d'un orage d'été, je me sentis un peu plus calme. Je me hâtai de monter dans mon bureau, fermai la porte et appelai le tribunal où, après plusieurs sonneries, le téléphone fut décroché comme à contrecœur par la greffière en chef, Mme Flaherty, dont la voix était aussi décolorée et peu engageante que le document mal photocopié. M'efforçant de parler d'un ton égal, je me présentai et demandai à Mme Flaherty des explications sur l'assignation ; il lui fallut un certain temps pour en retrouver la trace dans ses dossiers, ce qu'elle fit en poussant force soupirs. Puis, en bureaucrate chevronnée, froide et sur la défensive, elle me dit seulement que je devais « satisfaire à » l'assignation du tribunal : je devrais me présenter devant le tribunal lundi matin, avec ou sans « représentant légal ». Lors de l'audience, les charges me seraient expliquées et les « preuves » – s'il y en avait – seraient produites.

« Les "preuves"... de quoi ? »

Le terme me donna une sorte de choc. J'avais sans doute espéré que la greffière me dirait qu'il y avait erreur et que l'assignation ne m'était finalement pas destinée.

À présent encore, je m'attendais qu'elle se mît à rire et s'excusât. Car Mme Flaherty mit un temps qui me parut démesuré à lire le document qu'elle avait elle-même signé.

Puis, avec entêtement, elle me répéta simplement ce qu'elle avait déjà dit, et qui ne m'aidait guère.

« "Preuve de vol"... mais que m'accuse-t-on d'avoir volé ? »

Ma voix se teintait d'exaspération. D'un ton guindé, Mme Flaherty déclara que ces informations me seraient communiquées lors de l'audience, et qu'elle n'avait aucune idée de leur nature.

« L'accusation est grave. Il me semble qu'elle pourrait être qualifiée de calomnieuse. »

Mme Flaherty gardant le silence, j'ajoutai qu'il était étrange, si j'étais accusé de vol, qu'un agent de police ne fût pas venu chez moi, muni d'un mandat d'arrêt ; et Mme Flaherty répondit : « Ce n'est pas un tribunal correctionnel, mais un tribunal civil, monsieur. Il n'est pas question de vous *arrêter.* »

Tribunal civil ! Bien sûr. Dans mon état d'agitation, je n'avais pas fait la différence.

« Mais sur le document, il y a cet avertissement : "passible d'arrestation".

– Ce serait pour "mépris du tribunal", monsieur. Non pour un crime.

– Mais… si je ne suis pas coupable d'un "crime"…

– Il sera statué sur le sujet, monsieur. C'est pour cela qu'est faite cette audience. »

Avec l'aisance d'un perroquet bien entraîné, Mme Flaherty prononça sans trébucher cette série de sifflantes. Comme si elle espérait m'intimider par cet exploit.

« Madame ! Vous n'êtes peut-être pas en mesure de percevoir l'absurdité de cette situation, mais moi, si. Pouvez-vous au moins me dire, je vous prie, qui est "C. W. Haider" ?

– Nous ne communiquons pas ce genre d'information, monsieur.

– Mais… cette personne, dont j'ignore tout, m'accuse de vol. En quoi consiste ce "vol" ?

– Je vous l'ai déjà dit, monsieur. Cette information n'est pas accessible. Il n'y a personne d'autre que moi dans ce bureau à l'heure actuelle, et quand bien même je souhaiterais satisfaire votre requête, je ne le pourrais pas. »

La voix de Mme Flaherty tremblait d'indignation. Elle semblait sur le point de clore notre conversation. D'un ton pressant, je demandai s'il y avait un moyen quelconque de connaître le chef d'accusation afin de me préparer pour le lundi suivant, mais elle répondit : « Je ne sais pas, monsieur. Vous souhaiterez peut-être constituer avocat. C'est ce qui se fait généralement dans les procès.

– *Procès* ? On m'intente un procès ?

– Je ne sais pas, monsieur. C'est ce que vous apprendrez à l'audience.

– Mais vous me conseillez de "constituer avocat", alors que je suis parfaitement innocent et que je n'ai pas la queue d'une information. »

J'entendis Mme Flaherty retenir son souffle. Employer le mot *queue* équivalait-il à une sorte de harcèlement verbal ? Serais-je accusé de *harcèlement sexuel* ?

« Monsieur Rash, il…

– "Rush", je m'appelle "Rush".

– Monsieur Rush, il y a…

– Vous avez systématiquement estropié mon nom dans ce document. Je m'appelle "Andrew J. Rush". »

Comme il me semblait pitoyable d'avoir jamais imaginé qu'*Andrew J. Rush* fût un nom « célèbre » à Harbourton. La greffière du tribunal municipal n'avait manifestement jamais entendu parler de moi.

« … et c'est à peine si j'arrive à lire la photocopie que vous m'avez envoyée, tant l'encre est pâle ! Il s'agit forcément d'une erreur, et je ne veux pas être traîné devant un tribunal, lundi, pour une erreur qui n'est pas de mon fait.

– Monsieur, le tribunal siégera à 9 heures, lundi matin. Jusque-là, je ne peux vous donner d'autres d'informations.

– Mais, je vous en prie, c'est très déstabilisant…

– Je vais raccrocher à présent, monsieur Rash. Si vous êtes inquiet, je vous conseillerais de constituer avocat.

– "Si je suis inquiet"... vous plaisantez ? Évidemment que je suis inquiet : je suis accusé de vol, menacé d'arrestation, contraint d'avoir recours à un avocat...

– Cela ne dépend que de vous, monsieur. Personne ne vous y "contraint".

– Vous devez savoir que les avocats coûtent cher ! Pourquoi devrais-je payer des honoraires exorbitants, alors que je suis parfaitement innocent... alors que je ne sais même pas de quoi on m'accuse. »

Un accès de colère semblait soudain m'emporter. Comme si, avec son argent, Andrew J. Rush n'avait pas de quoi se payer un avocat !

« Au revoir, monsieur.

– Attendez ! J'ai besoin de savoir... »

Mais la communication avait été coupée. Ma voix était altérée, défaillante.

Je me disais : *C'est moi qui vais intenter un procès. C'est scandaleux.*

Je me disais : *Mais je n'ai jamais rien volé. Si ?*

Depuis que, la veille, ma chère fille Julia avait innocemment pris un exemplaire d'*Un baiser avant de mourir* et s'était mise à le feuilleter, je pressentais qu'un autre événement surviendrait, que je ne maîtriserais pas. S'il y a une chose qui m'effraie et qui me met en rage, c'est de ne plus être maître de la situation.

Comme si le Valet de pique était venu se tapir dans un coin de ma vie, contre mon gré, attirant toute la lumière à lui, et en lui, à la façon d'un trou noir.

J'imaginais Irina m'entendant au téléphone, son étonnement, son inquiétude. Bien que, de nous deux, elle fût la plus prompte à s'émouvoir, à s'alarmer, il lui arrivait de m'entendre parler avec véhémence quand j'étais seul dans mon bureau du premier étage, au-dessus du garage – « On aurait dit des supplications » – alors que je suis certain de ne pas parler du tout, y compris au téléphone ; plusieurs fois par semaine, Irina me tire d'un sommeil profond et agité au beau milieu de la nuit, prétendant que je parle tout haut, grince des molaires et « appelle à l'aide ».

Dans ces moments-là, je suis tellement pris au dépourvu qu'il me faut quelques secondes pour reconnaître Irina, ma chère épouse. Plus d'une fois, j'en ai bien peur, lorsque Irina m'a secoué pour me réveiller, mon premier réflexe a été de la repousser.

Je combinais déjà le moyen de dissimuler cette nouvelle désagréable à Irina et à ma famille. Je ne voulais pas penser qu'une « audience » du tribunal municipal de Harbourton serait ouverte au public et pourrait être relatée dans le *Harbourton Weekly*.

Le téléphone sonna. Je décrochai aussitôt, pensant que peut-être, prise de remords, Mme Flaherty me rappelait pour me communiquer des informations utiles, mais c'était Irina qui, du poste du rez-de-chaussée, me demandait si tout allait bien.

« Qu'est-ce qui pourrait ne pas aller bien, chérie ? J'ai un peu de mal avec ce nouveau roman... voilà tout. »

Et c'était le cas. J'avais du mal à empêcher mon nouveau roman policier de se métamorphoser continuellement en une structure plus complexe, voire imbriquée, que je ne l'avais prévu, ce que je savais être imprudent étant donné les contraintes du genre policier. Le titre en était *Entrelacs*, et sa structure devait être simple : une mise en contraste du « héros » et du « méchant » en chapitres alternés, puis, dans le chapitre final, la victoire du « héros » sur le « méchant ». Les lecteurs du genre comptent à bon droit qu'une sorte de contrat implicite existe entre les auteurs et eux : que le « mal » sera suffisamment puni, et que le chaos habituel du monde sera radicalement simplifié pour permettre une fin à la fois plausible et inattendue.

Les snobs intello-littéraires qui raillent les contraintes de notre genre – y compris ma chère Julia, que j'adore – auraient bien du mal à écrire eux-mêmes un roman à succès : c'est-à-dire dans lequel le mal est traqué jusqu'à ce qu'il en soit venu à bout ; et dont la *fin* est claire et sans ambiguïté.

Les romans du Valet de pique se terminaient de façon plus cruelle, parce que plus primitifs. Le mal y était trop débordant pour que tout pût être proprement nettoyé et, généralement, tout le monde mourait ou, plutôt, était tué. Je n'avais souvent aucune idée de la façon dont se terminerait un roman du Valet de pique avant l'ultime chapitre, qui m'arrivait dessus tel un véhicule fou ; les romans d'Andrew J. Rush étaient des modèles de clarté, charpentés avec soin des mois à l'avance, et surprenant rarement leur auteur.

C'était une bonne chose. Pour l'auteur, comme pour mes lecteurs. Fondamentalement, personne n'aime les surprises.

Irina me demandait si je voulais qu'elle monte me rejoindre, si je me sentais angoissé, et je la remerciai, mais lui dis que ce n'était pas nécessaire. Il n'y avait qu'un seul remède à l'angoisse : le travail.

D'ici le dîner, lui dis-je, je me serais sorti du marasme dans lequel je me trouvais. Comme je le faisais toujours.

« Si tu en es sûr, Andrew… Tu as encore passé une mauvaise nuit, la nuit dernière, tu sais. »

Je ne pense pas.

« Pourtant… il me semble me rappeler… »

Pas du tout, Irina. Mais merci ! Je t'aime.

Et je raccrochai avant de l'entendre murmurer en écho *Je t'aime.*

Cela ressemblait bien à ma chère femme d'exagérer. Irina avait cru m'entendre élever la voix à l'instant et s'était méprise sur mon humeur. Sa mémoire lui avait apparemment joué un tour concernant la nuit précédente, qui avait été aussi unie qu'une mer sombre et paisible où la turbulence des vagues est indéchiffrable.

Ces marques de sollicitude conjugale sont attendrissantes, quand elles ne sont pas exaspérantes !

Entre mes doigts, un verre de vin – un vin blanc acide, mon préféré – que je ne me rappelais pas m'être servi.

4
L'accusation

« Merde ! »

Je n'arrivais pas à travailler, naturellement ! Mon cœur battait vite et je me sentais oppressé comme si quelque chose, ou quelqu'un, resserrait un cercle d'acier autour de ma poitrine.

Cédant alors à une impulsion, bien que sachant que c'était une erreur, je décidai d'appeler C. W. Haider. N'importe quel avocat m'aurait conseillé de ne pas entrer en communication avec l'individu qui m'avait – frauduleusement, follement – accusé de vol ; mais, naturellement, je ne pus m'empêcher d'essayer d'en appeler à son sens de la justice et du fair-play. Je ne pus m'empêcher de penser, avec une vanité enfantine : *Mais il éprouvera de la sympathie pour moi lorsqu'il entendra ma voix. Tout le monde aime Andy Rush !*

Bien qu'il n'y ait apparemment pas de « C. W. Haider » dans l'annuaire de Harbourton, plusieurs « Haider » y habitaient, dans les vieilles rues historiques, proches de la place du village. Mes deux premiers appels restèrent sans réponse, mais à mon troisième essai on décrocha à la deuxième sonnerie, et j'entendis une voix vive et impatiente qui aurait pu être celle d'un enfant précoce ou d'un adulte légèrement attardé : « Ou-i ? Al-lô ? »

Je demandai si je pouvais parler à « C. W. Haider », et la voix répondit gaiement : « C'est elle-même ! Vous parlez à "C. W. Haider". »

Un enfant ! Ou une femme jouant l'enfant.

Je me présentai gauchement. Lorsque je prononçai le nom d'« Andrew J. Rush », il me sembla entendre un hoquet à l'autre bout de la ligne.

« J'appelle à propos d'une assignation que j'ai reçue aujourd'hui du tribunal municipal de Harbourton. "C. W. Haider" – que vous dites être vous-même – a saisi le tribunal en m'accusant de vol. Mais je ne comprends pas de quel "vol" il pourrait s'agir, madame. Affirmez-vous vraiment que je vous ai pris quelque chose, alors que vous savez certainement que nous ne nous sommes jamais rencontrés ? »

Silence. De nouveau un bruit de respiration, tout contre le récepteur.

« Allô ?... Madame Haider ? Vous êtes là ? »

Elle parlait bas maintenant, d'une voix narquoise et traînante d'enfant.

« Ou-i.

– Vous m'avez accusé de vol, vous avez déposé plainte devant le tribunal municipal, voudriez-vous m'expliquer *pourquoi* ? Que suis-je censé vous avoir volé ?

– Vous le *savez*.

– Je sais... quoi ?

– *Vous savez ce que vous avez pris*, monsieur Rush. »

Sa voix était plus forte, à présent, plus mordante et moins enfantine.

« Non. Pas du tout. Je ne sais pas "ce que j'ai pris"... j'ignore totalement qui est "C. W. Haider" et tout ce qui vous concerne.

La simple courtoisie voudrait, je crois, que vous me fournissiez une explication.

– Eh bien, il faut que ça cesse. Cela dure depuis trop longtemps, et maintenant j'y mets un terme. Le juge m'aidera à y mettre un terme. »

La voix était devenue suraiguë. On imaginait des yeux brillants d'indignation et de douleur.

« Un terme à quoi ?

– Vous le savez, monsieur. Vous savez ce que vous me faites.

– Mais que fais-je donc ?

– Me voler. Les pages que vous avez prises, pour vos romans. Ce qui m'appartient, et que vous avez pris. Vous êtes un pla-gi-aire – un *plagiaire*. Je vous dénoncerai au monde entier.

« "Voler"... "plagiaire"... vous m'accusez de *plagiat* ? C'est scandaleux.

– C'est scandaleux ! Et comment ! Voilà pourquoi vous serez dénoncé et puni ! *Je veux que vous me rendiez ce que vous avez volé, et je veux que vous vous excusiez. Et vous me devez de l'argent... des royalties.*

– Vous plaisantez ? Est-ce que je vous connais ?

– Oui ! Vous me connaissez... *Je suis quelqu'un que vous avez volé.*

– Mais... comment est-ce possible ? Voler quoi ? Comment ?

– Chez moi. Vous m'avez volée chez moi, et cela doit cesser, et cela cessera.

– Mais... ce n'est pas vrai ! Je ne vous connais pas, je ne sais même pas où vous habitez... je n'ai aucune idée de ce dont vous parlez. "Pages"... "romans"...

– Le juge vous punira lundi ! Et alors, vous verrez. Le monde entier verra. Voleur ! Pla-gi-aire ! Ils vous *traîneront dans la boue.* »

Mon interlocutrice poussa un petit cri sauvage, un éclat de rire infantile. La ligne fut coupée.

Elle est folle. C'est de la folie.

Rien à voir avec toi.

Appelle un avocat. Ne t'en mêle pas.

Hébété, incrédule. Je restai un long moment devant une fenêtre octogonale de mon bureau, regardant au loin – la prairie verdoyante, un aperçu fugitif de Mill Brook de l'autre côté de la route – mais ne voyant rien. Mes pensées battaient comme de grandes ailes affolées. *Traîné dans la boue*, avait-elle dit. Les mots faisaient mal. *Ils vous traîneront dans la boue.*

Pla-gi-aire. Un mot pire encore.

Tue-la. Réduis la voix au silence, et la menace disparaîtra.

Depuis des millénaires, c'est la stratégie la plus efficace.

Le Valet de pique n'hésiterait pas. Le Valet de pique avait une solution toute prête à tous les problèmes.

5
Le bon citoyen

« Ce doit être un malentendu. Pourquoi s'en prendre à *moi* ? »

Une partie de mon cerveau comprenait que C. W. Haider était une malade mentale et que son accusation bizarre n'avait rien à voir avec la personne d'Andrew J. Rush ; mais en même temps je me sentais menacé, presque physiquement agressé.

Je n'avais jamais été accusé d'un crime, ni même du moindre délit. En plus de cinquante années d'existence, je n'avais pas dû totaliser plus de cinq ou six contraventions pour stationnement interdit ou excès de vitesse.

On ne m'avait jamais intenté de procès. Je n'avais jamais été « arrêté ».

On ne m'avait jamais délivré d'assignation. De citation à comparaître.

J'avais envie de dire à C. W. Haider : Je suis quelqu'un de bien ! Je suis un homme qui aime sa famille, un citoyen qui se préoccupe de ses concitoyens.

Je suis une personne que les autres respectent, admirent, aiment. Je ne suis pas un vulgaire malfaiteur.

Je ne suis pas un plagiaire.
Vous ne me traînerez pas dans la boue!

C'est en 1998 qu'Irina et moi avions pris la décision d'acheter Mill Brook House, comme on l'appelle. Une propriété très légèrement délabrée mais splendide sur quatre hectares de terrain à l'abandon, au nord du village de Harbourton, d'où l'on a vue sur la Mill Brook et ses méandres.

Nous avons acheté la propriété ou, plus exactement, versé un acompte et sollicité un prêt, grâce au produit des ventes de mes premiers romans. Nous n'étions pas riches – loin de là! – mais nous semblions soudain avoir de l'argent, pouvoir nous permettre de vivre sur un pied que nous n'avions pas imaginé lorsque j'avais commencé à écrire et à envoyer mon travail avec l'optimisme aveugle d'un pêcheur mettant une demi-douzaine de lignes à l'eau.

Jusque-là, nous avions habité une petite maison de style ranch dans la ville de banlieue de New Brunswick, où j'enseignais l'anglais au lycée Highland Park, tandis qu'Irina était éducatrice dans une école Montessori. *Routine* est le mot qui vient à l'esprit: j'ai beau tâcher de le chasser, comme on chasserait une grosse mouche bourdonnante, c'est le mot *routine* qui vient à l'esprit, ignominieusement.

Une vie routinière pour des gens routiniers.

Jusqu'à ce que le Valet de pique surgisse du Néant.

Nous rendions souvent visite à mes parents à Harbourton, situé à une soixantaine de kilomètres au sud-ouest, le village où j'étais né et avais grandi, et où j'avais – où j'ai – toujours de nombreux amis d'enfance. Sans doute la vie avait-elle été *routinière*, là aussi, mais j'en garde dans l'ensemble des souvenirs heureux. Mon père était un commerçant (chaussures, sacs pour dames) qui se débrouillait relativement bien par rapport aux autres commerçants de Harbourton et qui ne se plaignait jamais de sa vie, même si, à l'âge de treize ans, contemplant son magasin dans la rue principale, une vitrine parmi d'autres, toutes présentant leurs marchandises aux passants, je fus saisi de vertige par cette brusque révélation : *Et si personne n'achète ? Tout à coup, à partir d'aujourd'hui… plus personne ?*

Une telle révélation vous terrifie, quand vous avez treize ans.

Ce n'est pas la terreur des crânes fendus, du sang répandu, de la mort. C'est la terreur *routinière* de la vie ordinaire.

Ai-je dit que j'avais eu une enfance heureuse ? Dans les interviews, c'est ce que j'affirme.

Il arrive souvent qu'un *enfant unique* ait une enfance heureuse parce que aucun rival ne lui dispute l'amour de ses parents.

Au nord de Harbourton s'étend une campagne ravissante, des terres agricoles vallonnées en bordure de la Mill Brook, qui sont depuis longtemps la propriété de gens fortunés, retraités milliardaires de la politique et des affaires. Pour ceux d'entre nous qui avions grandi à Harbourton, acheter un jour l'un des anciens domaines bordant la Mill Brook était un rêve romantique.

Mais… pouvons-nous nous le permettre ? avait demandé Irina.

Oui, ma chérie ! Je t'assure.

Nous consacrâmes plus d'un an à rénover cette ferme du XVIIIe siècle aux pièces trop petites, aux planchers inclinés et aux escaliers inconfortablement étroits et abrupts. La cave d'origine était de terre battue, basse de plafond, oppressante ; de nombreuses fenêtres fermaient mal, et la ferme coûtait horriblement cher à chauffer. Nous ajoutâmes des pièces, fîmes construire une aile pour les invités. Dans une pièce contiguë à la salle de séjour, meublée de bibliothèques du sol au plafond, je me mis à collectionner mes livres préférés dans les éditions les plus anciennes que je parvenais à trouver : romans policiers américains des années 1930, 1940, 1950 ; magazines « pulp » contenant des « weird tales[1] » de H. P. Lovecraft ; premières ou anciennes éditions des livres d'Edgar Allan Poe, Ambrose Bierce, Algernon Blackwood, M. R. James, Robert W. Chambers, Richard Matheson ; histoires de fantômes de Henry James et d'Edith Wharton ; ouvrages de science-fiction à portée philosophique d'Isaac Asimov, Philip K. Dick, J. G. Ballard ; un mur entier des contemporains du milieu et de la fin du XXe siècle de A à Z, en passant par Barker, King, Le Guin, Morrow, Straub…

Le bureau où j'écris, qui a figuré dans le *New York Times Style Magazine* ainsi que dans *New Jersey Life*, se trouve au premier étage de la ferme, dans une extension construite au-dessus du garage (les anciennes écuries). Cette pièce lumineuse est percée de lucarnes et de fenêtres qui donnent sur une pente herbeuse et sur un grand étang où glissent languissamment des oiseaux aquatiques (colverts, oies du Canada, cygnes). Au-delà s'étend une forêt caduque, qui fait partie de notre propriété ; au-delà encore, à peine visible de mon bureau, la courbe gris bleuté de la Mill Brook. Dans cette pièce, sur une table de dessinateur, je compose mes romans à l'ordinateur, à partir de notes manuscrites ; sur le mur, à côté de la table, je punaise des cartes, des ébauches d'intrigue, des dessins de mes « personnages », des listes chronologiques. Car je suis un trameur d'énigmes méticuleux – même les lecteurs qui n'aiment pas mes romans en raison de leur fin inévitablement optimiste doivent concéder que personne ne construit ses romans policiers plus consciencieusement qu'Andrew Rush.

Sur un appui de fenêtre, face à la table de dessinateur, mes talismans magiques : photos de famille, premier prix Edgar, souvenirs et porte-bonheur.

---

1. Nouvelles fantastiques parues dans la revue *Weird Tales* (*NdT*).

Dans un petit réfrigérateur, des provisions énergétiques : jus d'orange, barres aux amandes, Coca Light, vin blanc.

Je suis si heureux ici.

C'est ici qu'est mon âme.

Tu n'oseras pas me séparer de mon âme.

À l'autre bout de la pièce, devant une fenêtre plus petite, se trouve une table plus petite, censée être d'époque, curieusement entaillée comme par un canif, achetée à un brocanteur de la vallée de la Mill Brook. C'est sur cette table que je compose mes romans Valet de pique, dans un premier temps à la main, sur de grandes feuilles de papier jaune ; puis, quand plusieurs chapitres se sont accumulés, je les transporte sur ma table de dessinateur pour les taper et les enregistrer dans l'ordinateur.

Dossier : *V. P.*

Lorsque j'écris en tant que Valet de pique, je rédige très vite et me relis rarement. Contrairement à Andrew J. Rush, je ne soigne absolument pas mes intrigues… à peine si je pense en termes d'*intrigue*.

Une chose arrive, puis une autre.

Et une autre encore.

Et puis… il y a une (sale) surprise.

Lorsque j'écris en tant que Valet de pique, je le fais rarement avant minuit. Quand le reste de la maison est plongé dans l'obscurité. Quand je suis totalement seul et que je risque peu d'être interrompu. Quand le plus âpre des vins blancs n'est pas à la hauteur et que quelques doigts de scotch paraissent délicieux – *absolument* délicieux.

Le Valet de pique est ma récompense quand j'ai écrit un minimum de dix à douze pages de mon propre roman – c'est-à-dire du prochain roman à paraître sous le nom d'Andrew J. Rush.

Si je repousse le moment d'écrire en tant que Valet de pique aux petites heures du matin, je peux être à peu près certain que mon énergie ne faiblira pas, comme elle le fait inévitablement quand j'écris en tant qu'Andrew J. Rush.

Course folle. Montagnes russes.

Et brusquement… en plein ciel, plus de rails.

Parfois je me retrouve à Catamount Park. Où, quand vous étiez enfant, vous dissimuliez votre peur des montagnes russes et du haut plongeoir de la carrière. Et d'autres choses.

Catamount Park est un parc national de Far Ridge, à environ une heure de voiture de Myrtle Street, Harbourton, où nous habitions à l'époque.

Quand nous étions enfants. Frères.

Dans la carrière, escaladant les rochers difformes couleur d'argile jusqu'au promontoire rocheux au-dessus de l'eau. Là, le plongeoir.

Il y avait deux plongeoirs dans la carrière : celui du haut, celui du bas. Le plus audacieux, le moins audacieux. L'un pour les grands, l'autre pour les petits. Les enfants, les filles, les adultes, se baignaient dans la partie « sûre » de la carrière. Les adolescents, les types d'une vingtaine d'années ou davantage, nageurs entraînés et plongeurs frimeurs, escaladaient les rochers jusqu'à ce promontoire, qui en était le point le plus élevé.

Les garçons plus jeunes n'étaient pas toujours les bienvenus. Cela dépendait de qui se trouvait là, et de l'heure de la journée.

Au loin, on entendait les carillons du manège. Les cris et les rires venant des montagnes russes.

Certains d'entre nous (les garçons) étaient obsédés par le plongeoir (du haut).

« Andrew ? Quelque chose ne va pas ? »

C'était Irina, derrière moi.

Je ne me retournai pas – pas tout de suite. Je ne l'avais pas entendue approcher, mais mes cheveux s'étaient hérissés d'appréhension sur ma nuque.

« J'ai cru entendre quelqu'un parler. Ou alors c'était une télévision, réglée fort. »

Pas la télévision. Pas ici.

Ma chère femme s'était réveillée à 2 h 35 et, voyant que je ne m'étais pas couché, elle m'avait cherché et trouvé dans mon bureau, à l'autre bout de la maison, où, à la lumière d'une unique lampe, assis à la table ancienne marquée d'entailles, j'étais totalement absorbé dans mon travail et écrivais rapidement, à la main, sur le bloc de papier grand format.

Je m'efforçai de garder mon calme, souris calmement, oui, et souris des yeux autant que de la bouche : « Irina ! Pourquoi ne dors-tu pas, chérie ?

– Je dormais, Andrew. Je me suis couchée à 11 heures. Mais… tu me manquais. »

Irina s'avança d'un pas hésitant. Elle était pieds nus, dans une chemise de nuit de soie beige. Son corps paraissait diminué, aplati. Les petits seins flasques, l'estomac très légèrement protubérant. Ses cheveux courts, blond foncé, grisonnants, étaient emmêlés sur un côté de sa tête. Dans la faible lumière son visage paraissait pâle, sans substance, un masque de papier finement ridé. Sous les yeux inquiets, des cernes pareils à des salissures.

Femme, mère, compagne. Tu es bien bon de l'aimer.

Mais pourquoi l'aimes-tu ? Ne fait-elle pas partie de celles qui ont épuisé ton amour ?

Une femme est un parasite affectif. Et tu es l'hôte de ce parasite.

Si facilement, le crâne de la femme pourrait se briser dans une chute.

La nuit, dans cet escalier raide… si facilement.

Aussitôt je posai mon stylo et repoussai mon bloc de papier jaune pour éviter, au cas où Irina s'approcherait plus près, qu'elle ne pût en abaissant le regard (comme innocemment) voir ce que j'avais écrit.

Irina respecte mon besoin de solitude, quand j'écris ; il est rare qu'elle entre dans mon bureau sans y être invitée.

Les enfants aussi, quand ils étaient petits, respectaient le besoin de solitude de papa. Même s'ils avaient été moins punis que disciplinés.

Ridicule de jouer au « papa » !

Bien trop longtemps que tu joues au papa !

Pas davantage papa que le Valet de pique.

« Eh bien, je ne voulais pas t'interrompre, Andrew. Viens te coucher quand tu pourras. »

Irina parlait d'un ton hésitant. Sans doute aurait-elle aimé s'approcher de moi, effleurer mon épaule, ma nuque, dans un geste d'épouse. Quelque chose dans mon expression l'en décourageait-elle ?

Une femme est particulièrement désirable lorsqu'elle se sent, ou s'imagine, subtilement repoussée. Dans cet instant où elle se détourne, offrant son profil, où l'on pourrait encore la rappeler…

« Irina, chérie… attends ! »

Je repoussai la petite table, me hâtai de rejoindre ma chère femme, mienne depuis près d'un quart de siècle. Mon cœur battait de désir, d'espoir, de l'envie d'étreindre cette femme et d'être étreint par elle.

Au diable le Valet de pique – pour ce soir.

Lorsque j'entrai dans mon bureau le lendemain matin, il me sembla que quelque chose avait changé. J'avais presque l'impression qu'un intrus s'y était introduit !

Je ne discernai pas immédiatement ce qui n'allait pas ni ce qui avait été déplacé, puis je vis que la lampe de la petite table de travail était couchée sur le côté, comme renversée ; l'ampoule s'était brisée. Je vérifiai le commutateur, la lampe était toujours *allumée.*

Un verre (vide) sentant le whisky avait laissé un rond humide sur le bois ancien de la table.

Une dizaine des grandes pages jaunes du bloc étaient couvertes d'un gribouillis indéchiffrable où l'on reconnaissait difficilement mon écriture, et le stylo avec lequel j'avais écrit avait roulé sur le sol, loin de la table, comme jeté là avec fureur.

« Quel effet cela vous fait-il d'être une "célébrité locale" ? L'écrivain "le plus connu" du comté de Hecate ? L'un des auteurs "best-sellers" du New Jersey ? » : telles sont les questions que me posent des journalistes bien intentionnés, sans paraître remarquer qu'elles sont profondément embarrassantes pour tout écrivain honnête.

Brièvement et calmement, je déclare être très reconnaissant de mon « modeste succès », et tâche de changer de sujet.

Il est cependant vrai que mon « succès » d'écrivain a considérablement changé ma vie et celle de ma famille. J'espère manifester ma reconnaissance en me montrant généreux envers ceux qui ont eu moins de chance.

Ainsi, j'ai établi l'un de ces fonds « d'urgence » pour écrivains que gère la Guilde des écrivains. J'ai fondé des bourses au lycée de Harbourton, où j'ai obtenu mon bac en 1979. Irina et moi avons fait des dons au refuge local de la SPA, et nous avons aidé à la construction d'une nouvelle aile de la bibliothèque publique de Harbourton, où se tient une exposition permanente intitulée BEST-SELLERS POLICIERS DE L'ENFANT DU COMTÉ, ANDREW J. RUSH. (Embarrassant ! Mais je ne me mêle pas des activités de la bibliothèque.) Nous avons alloué des sommes annuelles à des programmes d'alphabétisation dans des villes défavorisées du New Jersey telles que Newark, Trenton et Camden, et nous avons participé à des campagnes contre l'illettrisme sur la chaîne NJN-TV (New Jersey). Nous avons aidé à la restauration du vieux cinéma pittoresque de South Main où, certains vendredis soir, Andy Rush tient le rôle d'animateur amateur et présente des classiques du cinéma noir comme *L'Ombre d'un doute*, *Sueurs froides*, *Les Diaboliques*, *Niagara*, *Shining*, *La Disparue*. Nous avons donné de l'argent pour le nouveau terrain de softball et pour l'équipe de baseball dans laquelle je jouais (pas trop mal), quand j'étais enfant. (À mon grand embarras, je dois avouer que ce nouveau terrain porte mon nom : *Terrain Andrew J. Rush*.) Maintenant que les enfants sont grands et qu'ils nous ont quittés, Irina a repris un travail (à mi-temps) à l'école des Amis, dans le village voisin de Hadrian, où elle enseigne le dessin et s'investit dans l'association des enseignants et parents d'élèves. Irina Rush participe au Programme de lutte contre l'illettrisme du New Jersey depuis des années.

En 2010, j'ai reçu un prix du Citoyen de l'Association des citoyens responsables du New Jersey. Tout juste l'an dernier j'ai reçu une médaille du gouverneur de l'État du New Jersey pour mes contributions philanthropiques. Et l'an prochain, on m'a promis (le bruit en court, en tout cas) l'honneur d'une intronisation dans le Hall of Fame du New Jersey au titre de contributeur aux arts « le plus chéri » de l'État.

Et mes œuvres de fiction les plus acclamées sont encore à venir. J'en suis certain.

La peste vous emporte, je ne suis pas un voleur, et je ne suis pas un plagiaire et je ne me laisserai traîner dans la boue par personne.

6

« Nous aurons sa peau »

« C'est une procédure abusive, Andrew. Le juge la rejettera. Nous exigerons le remboursement des frais de justice et une injonction pour empêcher tout nouveau "harcèlement de l'artiste" à l'avenir. »

Il parlait avec une telle assurance et avec tant de sollicitude à mon égard que j'éprouvai un immense soulagement, mais aussi la légère incrédulité de qui s'entend annoncer sa grâce alors qu'il attendait une condamnation à mort.

Au matin, j'avais fait ce que j'aurais dû faire dès que j'avais reçu l'assignation du tribunal de Harbourton : je téléphonai à mon éditeur de New York, lequel m'adressa au service juridique de ma maison d'édition, où je fus instantanément rassuré par un avocat du nom d'Elliott Grossman, qui me certifia que je n'avais absolument rien à craindre : « Inutile de penser un instant de plus à cette "plainte" ridicule. Cela n'ira pas plus loin, je vous le prédis. Andrew ? Vous m'écoutez ? »

Si j'écoutais ? J'étreignais le combiné au point d'en avoir les doigts endoloris.

« Oui, je… j'ai entendu, Elliot. Merci… »

Je me tus, éberlué. Cette assignation était-elle donc à ce point insignifiante, mes craintes étaient-elles totalement infondées ? C. W. Haider ne menaçait pas ma réputation ? Ma carrière ? Ma *vie* ?

Au téléphone, Elliot Grossman semblait un homme éminemment raisonnable. Nous ne nous étions jamais rencontrés dans la maison d'édition : nous n'avions jamais eu aucune raison de nous entretenir sur quelque sujet que ce fût. Il m'avait demandé de lui faxer l'assignation et, après l'avoir lue attentivement, m'avait rappelé pour dissiper mes craintes. Il semblait comprendre que j'étais de ces gens qui, bien que se sachant « innocents » de tout crime, sont saisis d'angoisse à la simple idée d'un procès.

« Je serai ravi de m'occuper de cette affaire, Andrew. Naturellement ! Je suis l'un de vos grands admirateurs. »

Je murmurai un vague *merci*.

Qu'Elliot Grossman fût sincère ou non, c'était très courtois de sa part. Surtout à l'égard d'un écrivain aussi peu sûr de sa valeur qu'Andrew Rush.

« Je serai à l'audience de Harbourton à 9 heures tapantes, lundi matin. Mais j'irai seul, votre présence n'est pas nécessaire. Pourvu que vous soyez "représenté", il n'y a aucune raison que vous vous déplaciez, et je vous conseille de ne pas le faire.

– Vraiment ? Je pensais que l'assignation stipulait…

– Non. C'est une simple audience, pas un procès. Le seul fait que quelqu'un se déplace pour une plainte aussi futile impressionnera le juge. Il ne vous aurait jamais été délivré de "mandat" d'arrestation : c'est ridicule. Le juge sera flatté qu'une maison d'édition aussi éminente que la nôtre envoie un avocat : il ne mettra pas cinq minutes pour rejeter la requête. Les plaintes de ce genre ne sont pas rares, et les poursuites futiles contre des gens supposés célèbres ou fortunés non plus. C'est une forme de chantage dont la justice a l'habitude, et le juge de Harbourton la reconnaîtra pour ce qu'elle est. Étant donné la personnalité de la plaignante, telle que vous me l'avez décrite, il ne serait pas étonnant qu'elle soit déjà connue du tribunal : la timbrée classique. »

Grossman parlait avec l'entrain professionnel d'un homme coutumier de ce genre de discours : lançant des rafales de mots staccato, et y prenant un plaisir presque cinétique.

« J'ai représenté au cours des ans bon nombre d'écrivains poursuivis pour "vol", "plagiat"... plus souvent pour "diffamation" et "atteinte à la vie privée". Avec notre Premier Amendement il est sacrément difficile de prouver le bien-fondé d'un grief même quand il y en a réellement un, ce qui n'est pas le cas ici, j'en suis sûr. »

J'en suis sûr. L'affirmation ne me parut pas assez véhémente.

« Vous dites ne pas connaître cette C. W. Haider, Andrew ? Vous n'avez jamais été chez elle, vous n'avez jamais lu quoi que ce soit qu'elle ait écrit ?

– Certainement pas !

– Eh bien, il arrive que des inconnus envoient des manuscrits à des écrivains, et il est conseillé de ne pas les lire, mais si possible de les retourner immédiatement à l'expéditeur en notifiant par écrit, avec date et signature, qu'on ne les a pas lus. Garder un manuscrit pourrait indiquer que vous l'avez lu ; et l'auteur pourrait examiner tout ce que vous écrivez par la suite afin de voir si vous ne l'avez pas "plagié". Ce n'est pas rare, Andrew. Vous avez de la chance d'avoir été épargné jusqu'à présent. »

Je tâchai désespérément de réfléchir : avais-je reçu quoi que ce fût de C. W. Haider ? J'étais trop embarrassé pour dire à Grossman qu'il m'était arrivé de lire des manuscrits envoyés par des inconnus et même, naïvement, de répondre à certains d'entre eux en leur suggérant des révisions ; dans la plupart des cas, ces auteurs m'avaient exprimé leur reconnaissance, pour généralement me demander ensuite, il est vrai, une recommandation auprès d'un agent ou d'un éditeur, ce qui orientait la correspondance dans une tout autre direction – pas toujours pour le mieux.

Je dis à Grossman que j'étais pratiquement certain de n'avoir jamais reçu de manuscrits ni de lettres de C. W. Haider, pas plus que je ne lui avais écrit ; et Grossman dit, avec un petit rire : « Si vous l'avez fait, Andrew, nous le découvrirons vite. Elle aura ces lettres avec elle. »

Il me dit ensuite que, parmi les écrivains qu'il avait représentés au cours de ses vingt années de carrière, c'était Stephen King, qui, sans surprise, avait été la cible la plus fréquente de poursuites farfelues ; mais que King avait jusqu'à présent réussi à éviter tout litige véritablement sérieux, les plaintes étant en général manifestement ridicules.

« Vous avez représenté Stephen King ? » Je trouvais cela encourageant.

« Bien entendu. Plus d'une fois.

– Était-il… contrarié de ces poursuites ?

– Au début. Mais Steve s'y est habitué. Être un “personnage public” revient à porter une cible dans le dos. C'est le revers de la célébrité, on attire l'attention des déséquilibrés. Et des procéduriers, qui sont une catégorie à part, même si ce sont parfois aussi des déséquilibrés.

– Avez-vous toujours défendu Stephen King avec succès ? »

Être aussi grossièrement curieux ne me ressemblait pas, mais il me fallait poser cette question. Grossman eut un rire obscur.

« Ma foi, Andrew, je crois qu'en toute loyauté envers Steve je ne devrais pas discuter davantage de ses problèmes juridiques. Certaines de ces affaires sont du domaine public et vous pouvez y avoir accès ; d'autres ont été réglées à l'amiable et en privé. Et quand Steve a changé d'éditeur, il y a quelques années, j'ai naturellement cessé de le représenter. Je n'ai aucune idée de ce qui s'est produit ou non par la suite. Je voulais juste vous informer – pour apaiser votre anxiété, vous sembliez très anxieux au téléphone – vous informer que vous n'étiez pas le seul. Les auteurs à succès ont toujours été la cible d'actions en justice.

– "Réglées à l'amiable et en privé" : cela signifie-t-il que Stephen King a dû *payer* ? Pourquoi diable aurait-il à *payer* ?

– Je vous en prie, Andrew. Il n'est pas rare qu'un client fortuné s'arrange avec un demandeur agressif simplement pour alléger l'atmosphère et éviter une publicité déplaisante. Ce règlement amiable ne se monte pas forcément à des millions de dollars, comme les médias pourraient le laisser penser. J'ai négocié des accords de moins de dix mille dollars, et une fois, remarquablement, de *neuf cent quatre-vingt-dix-neuf dollars* seulement.

– Mais si l'écrivain est "innocent"…

– Évidemment ! Évidemment que l'écrivain est "innocent" ! Des écrivains de la stature de Stephen King et d'Andrew J. Rush ne risquent pas d'aller "plagier" des amateurs et des cinglés. »

En bégayant je dis à Grossman qu'il me semblait que, dans mon cas, la plaignante m'accusait d'être entrée chez elle par effraction et de lui avoir pris quelque chose…

Mais une sensation de vertige m'avait envahi. Je n'aurais pu dire clairement ce que je pensais, et je n'aurais pu me résoudre à réexaminer l'assignation, que j'avais à ce stade lue et relue jusqu'à la nausée.

Grossman éclata de rire. « C'est dément, Andrew ! Tant que les médias n'en ont pas vent, c'est vraiment drôle…

reconnaissez-le. “Entrer par effraction” – se faufiler par une fenêtre – afin de voler à C. W. Haider des idées pour vos romans. »

Je ne trouvais pas cela drôle. Je ne ris pas.

Tant que les médias n'en ont pas vent.

Mieux vaut liquider l'accusateur immédiatement.

À sa manière exubérante, que je ne trouvais plus aussi rassurante, Grossman parla encore une demi-heure, m'exposant sa stratégie pour l'audience de lundi, laquelle supposait quelques investigations urgentes, et me conseillant de nouveau de rester à l'écart. « La plaignante vous verra et vous reconnaîtra certainement, ce qui l'excitera. Si, comme nous le pensons, c'est une déséquilibrée, cela pourrait donner lieu à une scène déplaisante. C'est exactement ce que souhaitent ces harceleurs : obtenir une confrontation avec les gens riches et célèbres. »

Harceleurs ? Riches et célèbres ? Les paroles de Grossman bourdonnaient à mes oreilles comme une nuée de moucherons. Je m'efforçais d'éprouver une petite ombre de fierté à me voir qualifié, fût-ce avec extravagance, de *riche et célèbre* ; je m'efforçais de ne pas céder à la panique en entendant le mot *harceleur*.

À en juger par ce que je savais, par ce que l'assignation indiquait et par ce que j'avais pu tirer de notre brève conversation téléphonique, C. W. Haider ne me « harcelait » pas (encore).

Elle habitait Tumbrel Place, cependant, à deux pas du tribunal et des bâtiments municipaux. À moins de huit kilomètres de Mill Brook House, selon mes estimations.

C'était une nouvelle crainte, que Grossman avait sans le vouloir introduite dans mon esprit : *harcèlement*.

Mieux vaut frapper préventivement, mon vieux.

Mieux vaut tuer tout de suite.

Comme s'il venait d'y penser, Grossman me demanda si j'avais jamais parlé à C. W. Haider… au téléphone, par exemple ?

La sensation de vertige s'accentua. Car naturellement je n'aurais pas dû appeler la personne désignée comme demandeur sur l'assignation… je le savais, et pourtant je l'avais fait. D'un ton contrit, j'avouai à Grossman que, malheureusement, j'avais appelé cette femme dans l'après-midi de la veille, peu après avoir reçu l'assignation. « Je voulais juste savoir le motif, ce qu'on m'accusait d'avoir volé. La conversation ne s'est pas bien passée. »

Un instant, Grossman garda le silence. Qu'un homme aussi loquace fût pris de court n'était pas bon signe.

« Elle m'a paru déséquilibrée, en effet : il était difficile de la comprendre. Elle avait un rire étrange, haut perché, fou… »

Ma voix s'éteignit piteusement. J'avais l'impression d'être un enfant qui a non seulement désobéi à un adulte, mais désobéi stupidement.

« Eh bien, c'est regrettable, Andrew. Vous n'auriez jamais dû tenter de joindre le demandeur, bien entendu. J'aurais cru qu'un homme de votre intelligence, de votre expérience… » Grossman s'interrompit, ostensiblement. Je préférais ne pas imaginer l'expression de son visage.

Confus, je tentai de m'expliquer : « Je comptais seulement lui poser quelques questions. La conversation a été brève. Je me suis montré très courtois. Elle a dit que j'avais pris des choses "dans sa maison", et qu'il "fallait que ça cesse"…

– Vous ne l'avez pas menacée, j'espère ?

– Bien sûr que non. Jamais je ne menacerais quiconque.

– Nous ne pouvons prétendre que cette conversation n'a pas eu lieu. Tout se passera peut-être au mieux. S'il devait y avoir un procès – je suis certain du contraire, donc ne vous affolez pas, je vous en prie –, cet appel téléphonique serait versé au dossier des preuves, et vous ne pourriez le nier. Mais là, ce n'est pas un procès, et personne ne prêtera serment. Et vous ne serez même pas là. Alors espérons que tout se passera au mieux. Peut-être ne mentionnera-t-elle pas votre appel. »

Je continuais pourtant à bafouiller, confus. Je tenais à regagner la considération de Grossman. « Le pire, c'est que je savais que je ne devais pas l'appeler. Mais j'imagine que j'espérais lui faire entendre raison. Lui faire comprendre que j'étais quelqu'un de bien… »

Je ne pus me résoudre à lui dire : *Je voulais éviter de faire appel à un avocat. J'ai peur des avocats.*

« Vous devez savoir, Andrew, que votre adversaire juridique ne veut pas vous considérer comme *quelqu'un de bien*, et que rien ne la convaincra que vous n'êtes pas son ennemi, mais *quelqu'un de bien*. Lui téléphoner n'était pas très malin de votre part, mon vieux, mais au moins vous me l'avez dit. Je vous en suis reconnaissant. Du moment que vous ne l'avez pas menacée, que vous n'avez pas tenté de la persuader de retirer sa plainte, du moment qu'elle n'a pas enregistré la conversation… je pense que tout ira bien. »

Grossman avait changé de ton. Il était sérieux, brusque.

« Je vous appellerai aussitôt après l'audience, Andrew : pas la peine de me téléphoner. Oubliez cette affaire. Je vous assure que C. W. Haider n'aboutira à rien. *Nous aurons sa peau.* »

7
Un baiser avant de mourir

« Andy, il y a quelque chose qui tourmente Julia. »

Irina parlait avec hésitation. Je compris à son ton que la détresse de notre fille cadette avait un rapport avec moi et qu'Irina abordait le sujet avec précaution, comme si – absurdement, injustement – elle craignait ma réaction.

Cela m'agace énormément que les membres de ma propre famille prennent des précautions pour me parler. C'est tout à fait déconcertant.

« Quoi ? Qu'est-ce qui tourmente Julia ?

– Un roman qu'elle a lu, écrit par un certain Valet de carreau – un nom de ce genre, il me semble. D'après elle, cet auteur est quelqu'un qui te connaît, un de tes amis écrivains de romans policiers, et elle pense que cet écrivain, quel qu'il soit, s'est servi dans son roman d'un incident qui lui est arrivé à *elle*.

– Attends, Irina, je n'y suis plus. Que dis-tu ? »

Nous étions la veille de l'audience. Dimanche soir, à moins de douze heures du lundi matin, 9 heures, au tribunal municipal de Hecate.

Je n'avais rien dit à Irina, naturellement. Il me faut épargner les désagréments à ma chère femme.

Mon cœur battait fort. Coupable, coupable.

Il est très difficile d'être un parent intègre.

« Julia t'en parlera, Andy. Mais c'est moi qu'elle a eue au téléphone, et elle pleurait. Cet horrible Valet de carreau…

– Qui ? Quoi ?

– Un auteur de romans policiers qui se donne le nom de Valet de carreau – ou de Valet de cœur –, une sorte d'auteur de polars noirs, un vrai misogyne, et une brute, dans le genre de Mickey Spillane… »

Comme si Irina avait jamais lu un roman de Mickey Spillane !

Dans ma collection de premières éditions de romans policiers américains figuraient un certain nombre de Spillane des années 1950, achetés chez des bouquinistes ; mais aucun membre de ma famille n'y avait touché depuis que nous avions emménagé à Mill Brook House et réorganisé les bibliothèques, j'en étais certain.

« Julia dit que, dans ce roman du Valet de cœur qu'elle vient de lire, il y a une scène qui reproduit presque exactement ce qui est arrivé, le jour où elle a manqué se tuer en passant au travers de cette passerelle pourrie de Battlefield Park… sauf que, dans le roman, l'enfant *se tue.* »

Quel souvenir mélancolique ! J'aurais préféré qu'on ne me le remît pas en mémoire.

Julia avait quatre ans. C'était une petite fille éveillée et curieuse. Nous habitions alors Highland Park, tout près de New Brunswick ; un jour, j'emmenai Julia à Battlefield Park, distant de quelques kilomètres, et là (à ma grande honte), occupé à prendre des notes, à travailler une scène de l'un de mes romans, j'eus un moment de distraction qu'elle mit à profit pour suivre des oies caquetantes le long d'un cours d'eau et pour monter sur une passerelle interdite d'accès ; elle était si petite qu'elle se glissa sans difficulté à travers la barrière, toute contente d'avoir réussi à fausser compagnie à papa, bien que papa lui eût dit de ne pas s'éloigner – papa lui avait assurément recommandé de *ne pas s'éloigner*. Et, brusquement, le petit pied de Julia passa au travers du bois pourri de la passerelle, laquelle s'écroula en partie. Elle hurla et tomba d'une hauteur d'environ quatre mètres dans le lit de la rivière, mais sa chute fut miraculeusement amortie par des buissons, si bien qu'elle en fut quitte pour des égratignures, des bleus et le traumatisme de la chute.

« Julia dit qu'il y a dans ce roman une scène presque exactement identique à son accident, et dans un endroit appelé "Battle Park" – mais pas dans le New Jersey, dans le nord de l'État de New York.

– Une coïncidence… »

Ma voix était faible, tremblante.

Battle Park ! Quelle stupidité de l'avoir rebaptisé ainsi, alors que l'original s'appelait Battlefield Park.

« J'ai dit à Julia qu'il ne pouvait s'agir que d'une coïncidence. Mais c'est bizarre et troublant, non ?

– Il faut le supposer, puisque Julia en est aussi émue. La petite fille du roman lui ressemble-t-elle ? »

Une question étrange ! Par bonheur, Irina ne parut pas relever.

« Julia dit que, dans le roman, la petite fille meurt : elle se brise le crâne dans sa chute. Le père qui l'a emmenée dans ce parc est un mauvais homme qui est en réalité son beau-père et non son père. Il supporte mal les enfants de sa femme et complote de les tuer en simulant des "accidents". »

Je me rappelais vaguement l'intrigue d'*Un baiser avant de mourir*. Mes romans sous pseudonyme avaient cette caractéristique que, écrits rapidement aux petites heures du matin, dans une sorte d'incandescence de l'inspiration, ils ne me laissaient guère de souvenirs ; comment me serais-je rappelé des années plus tard des détails que j'avais déjà oubliés avant même la publication du livre ?

« Julia dit que l'intrigue du roman est très habile – mais répugnante. Le mauvais beau-père n'est jamais soupçonné d'avoir arrangé ces "accidents" : il en éprouve toujours un sentiment de culpabilité et des remords, apparemment sincères ; jusqu'à ce qu'un autre "accident" arrive à un autre enfant. Julia dit qu'elle a été incapable de continuer pour savoir comment cela finissait.

– Tant mieux ! Qu'elle jette donc le Valet de pique à la poubelle.

– Le Valet de pique ? C'est le nom de… l'écrivain ? »

Irina me regarda en clignant des yeux, comme si une lumière aveuglante était braquée sur son visage. J'ai beau aimer ma chère femme, il y a des moments où sa douceur même – *la simplicité de sa douceur* – est profondément agaçante.

« Oui, chérie. Voilà dix minutes que tu me parles du Valet de pique… et de ce qui a bouleversé Julia dans l'un de ses romans.

– Oui. Julia est bouleversée. Et je le suis aussi, à l'idée qu'un incident très personnel de notre vie a été exploité par un inconnu… Si c'est ce qui s'est passé.

– Ma foi, chérie… c'est un bien grand "si" ! Je doute que nous puissions poursuivre le Valet de pique pour atteinte à la vie privée sur des preuves aussi minces.

– Personne ne veut poursuivre qui que ce soit. Mais… »

J'étais nerveux, impatient. J'avais envie de dire à Irina que je n'étais en rien responsable de cette dernière crise en date dans la vie de notre fille.

Depuis leur adolescence, et maintenant qu'ils sont adultes, nos enfants traversent bien trop souvent des crises d'un genre ou d'un autre. Un coup de téléphone, une conversation avec Irina, la dernière débâcle, le dernier revers de fortune, la dernière déception ou trahison, un besoin de soutien affectif, *un besoin d'argent*… tout cela n'était que trop familier.

Cela dit, je suis le père américain type, le bon vieux papa : bras ouverts, sourire à fossettes, chéquier.

Sourire à fossettes. Connard.

N'avais-je pas déconseillé à Julia de lire le Valet de pique ? N'avais-je pas dissimulé ces fichus bouquins ? Manifestement, Julia m'avait désobéi – comme elle et ses frères aînés l'avaient si souvent fait quand ils habitaient cette maison.

J'avais envie de protester, de dire à Irina que je n'étais pas un ami du Valet de pique et que, quand bien même je l'aurais été, je ne lui aurais jamais parlé de l'accident quasi fatal arrivé à notre petite fille à Catamount Park. Et de toute manière Julia n'était pas morte… si ?

Je me sentais si mal ! J'étais en sueur, visage, aisselles, corps. Dans ma main, un verre de vin – un vin blanc âpre d'un établissement vinicole de la région, dont le propriétaire était un « grand admirateur » d'Andrew J. Rush – que je ne me rappelais pas m'être servi.

Mais peut-être Irina me l'avait-elle apporté. Pour m'apaiser, pour calmer mon anxiété.

Je me rappelais à présent : pas Catamount Park, mais Battlefield Park.

Et Julia n'était pas morte. Bien entendu.

Irina me disait que Julia dînerait avec nous ce soir-là, mais qu'elle venait surtout dans l'intention de me parler d'*Un baiser avant de mourir*. Irina ne comptait pas participer à la conversation : « C'est entre vous deux. Tu sais combien elle est émotive et l'importance qu'elle accorde à ton avis. J'espère que tu seras patient avec elle, Andrew. »

Cela aussi était agaçant. Il était subtilement insultant de la part de ma femme d'insinuer que j'étais moins patient qu'elle avec nos enfants.

« Cela ne peut pas être une simple coïncidence, papa ! Je n'y crois pas. »

Julia me regardait avec une expression exaspérée et blessée d'enfant. Comme si, on ne sait comment, mais comment Julia aurait-elle *su comment*, c'était la faute de papa.

Bien qu'elle eût oublié d'emporter le roman du Valet de pique la semaine précédente, elle s'était apparemment rappelé ce pseudonyme inhabituel et s'était procuré *Un baiser avant de mourir*.

Elle expliquait, d'un ton plaintif : « Dans le roman, la petite fille meurt en se brisant le crâne sur des rochers dans le lit de la rivière. Le beau-père le regrette – plus ou moins –, bien qu'il ait imaginé qu'elle pourrait tomber. Puis, plus tard, c'est le frère de la petite fille qui est victime d'un “accident” et qui meurt. Je me suis arrêtée de lire à ce moment-là. »

Souriant, je tâchai de réconforter ma fille. Depuis l'enfance, Julia a toujours été beaucoup trop sérieuse.

« Ce n'est qu'une fiction, Julia. Et par un auteur “fictif”.

– “Fictif”, que veux-tu dire ?

– Que “Valet de pique” est un pseudonyme, comme tu t'en doutes.

– Tu disais ne pas connaître l'auteur.

– Je ne le *connais* pas. Le Valet de pique pourrait tout aussi bien être une femme, d'ailleurs.

– Oh non, papa, dit Julia, avec un rire. Le Valet de pique est un homme, et un sale macho. Aucun doute là-dessus. »

Un sale macho. J'éprouvai un frisson de culpabilité, mais également de la fierté à être capable de me déguiser aussi habilement. Ma propre famille ne me reconnaissait pas!

J'assurai à Julia qu'elle exagérait la coïncidence, lui conseillai de jeter ce livre déplaisant et de l'oublier.

« Est-il possible que ce ne soit qu'une coïncidence, papa? Rien d'autre?

– Rien d'autre.

– C'est tellement étrange! Je déteste ça.

– Moi aussi.

– Ce Valet de pique... tu es sûr de ne pas le connaître?

– Oui.

– As-tu une idée de qui cela pourrait être?

– On dit que c'est un "professionnel libéral à la retraite", habitant la région de New York, un écrivain de romans noirs relativement nouveau et très mineur, qui a quelques adeptes. Il ne mérite pas que tu t'y intéresses, Julia.

– C'est un vicieux, ça se voit.

– Vraiment? Je n'ai jamais réussi à terminer un seul de ses romans. Ses éditeurs me les envoient pour solliciter un mot d'éloge en couverture. C'est si grossier, si violent! Le mal n'est pas suffisamment puni. On dirait des films d'action pour adolescents.

– Oh non, je ne crois pas, papa. Pas des adolescents. Ce sont des romans qui vous font *penser*... mais des pensées qui n'ont rien de convenable. »

Le commentaire était perspicace. Une révélation étonnante venant d'elle, et que j'avais du mal à accepter.

Elle insista: « Je crois vraiment, papa, que cet écrivain est quelqu'un qui te connaît, et qui connaît notre famille. Pour l'"accident" d'*Un baiser avant de mourir* il s'est inspiré de ce qui m'est arrivé. C'est vraiment *perturbant*.

– Beaucoup de gens sont persuadés de figurer dans des œuvres de fiction, Julia. C'est un peu comme de voir un reflet dans un miroir et de croire que c'est toi, alors que ça ne l'est pas. »

Mon sourire me faisait l'effet d'un tire-bouchon me vrillant le visage.

« Voyons, papa ! Si tu étais devant une glace et que tu voies un reflet, ce serait *toi.* »

Julia rit. Mais pourquoi était-ce drôle ?

Je n'avais qu'un très vague souvenir d'*Un baiser avant de mourir*. J'ignorais même comment il finissait. J'avais envie de dire à Julia : *Mais dans la vraie vie, je suis ton père qui t'aime. Et tu n'es pas morte, après tout.*

8
« J'obtiendrai justice »

Et puis, le lundi matin, je ne pus m'empêcher de me rendre à l'audience, en fin de compte.

Je sais, il y avait ma promesse à Elliot Grossman. Il m'avait expressément conseillé, à plusieurs reprises, de me tenir à l'écart. Mais j'en fus incapable.

J'étais trop angoissé pour rester chez moi. Il me vint la terrible idée que l'avocat avait mal interprété l'assignation et que, faute de se présenter, *Andwer J. Rash* serait passible d'arrestation pour « mépris du tribunal ».

Et puis j'étais tenaillé par la curiosité, je voulais savoir qui était *C. W. Haider*. Personne n'avait jamais déposé plainte contre moi pour quoi que ce soit, *a fortiori* pour « vol » et « plagiat ». J'avais veillé misérablement une bonne partie de la nuit dans l'attente de l'audience. *Il me fallait voir l'ennemi.*

Le tribunal municipal du comté de Hecate est un beau bâtiment de calcaire qui conserve l'essentiel de sa façade du XVIIIe siècle, bien que l'intérieur ait été entièrement rénové. Au milieu de son square herbeux il fait penser à une vieille église, entourée de son cimetière. L'intérieur évoque un club privé ou une vieille auberge, décorés avec goût : murs lambrissés d'acajou, plafond de plâtre blanc, sols carrelés de sombre, éclairage encastré. L'ambiance n'y est pas rébarbative et sonore comme dans les grands tribunaux citadins, mais tamisée et courtoise.

Les audiences étant ouvertes au public, je n'eus pas à présenter de papiers d'identité au contrôle de sécurité. Les gens dans la queue avançaient avec courtoisie, sans hâte et, à mon grand soulagement, *personne ne me reconnut.*

La salle du tribunal où se tenait l'audience était un petit amphithéâtre de la taille d'un tribunal fictif d'étudiants et ne contenait que six rangées de sièges, soit (selon mon rapide calcul) de quoi asseoir soixante-douze personnes au maximum ; quand le juge Carson entra et que la séance débuta, un quart à peine des sièges étaient occupés. Dans les deux ou trois premières rangées se trouvaient les personnes convoquées et leurs avocats ; à mesure que les affaires étaient traitées, des gens quittaient la salle et d'autres entraient. Bien que l'atmosphère fût solennelle, les va-et-vient étaient continuels ; ceux d'entre nous qui avaient pris place en spectateurs, dans la rangée du fond, avaient une vue dégagée sur la salle entière.

(Cherchant à ne pas paraître emprunté, ou suspect, je veillais à ne pas regarder autour de moi et à dissimuler partiellement mon visage. En fait, à la manière de certains personnages du Valet de pique qui ne se montraient jamais en public que sous un déguisement, si minimaliste fût-il, je portais des lunettes de soleil à grosse monture noire qui déformaient légèrement mes traits, ainsi qu'une veste sport de seersucker beige, pêchée au fond de mon placard, que je n'avais pas dû mettre depuis vingt ans. Je redoutais en effet que les médias de la région ne « couvrent » cette audience pathétique, et qu'Andrew J. Rush ne soit dénoncé comme un voleur et un plagiaire, ou pis encore.)

Haider contre Rush était la troisième affaire inscrite au registre. Pendant que les deux premières étaient jugées, j'eus le temps de repérer Elliot Grossman : un avocat à l'air très « new-yorkais » (c'est-à-dire juif), qui aurait pu me reconnaître à mes photos d'auteur s'il avait jeté un œil dans la salle – ce qu'il ne fit pas. J'eus le temps d'étudier une femme à l'aspect singulier, assise ostensiblement à l'écart dans la première rangée, juste sous le bureau du juge.

Nul doute qu'il s'agissait de « C. W. Haider » – la plaignante. Au premier coup d'œil, sa ressemblance avec une Ayn Rand aux cheveux blancs était saisissante. Elle avait les traits masculins et la mâchoire saillante de cet écrivain, et un air à la fois aristocratique et rechigné. Elle semblait avoir dans les soixante-cinq ou soixante-dix ans, portait un béret bordeaux, qui contenait difficilement une folle crinière blanche, et des vêtements démodés, peu seyants mais d'apparence coûteuse : épaules rembourrées pour donner à sa silhouette une carrure musclée, tailleur-pantalon gris à fines rayures, revers croisés et gros boutons en os, chaussures de cuir à gros bout. Elle avait pris possession d'un tiers au moins de la première rangée, s'étant étalée de façon à décourager quiconque de s'asseoir près d'elle.

De profil, C. W. Haider ressemblait à un oiseau de proie. Si elle avait jeté un regard dans la salle du tribunal, je me serais recroquevillé dans mon siège comme un coupable.

Quand la première affaire fut appelée, elle ne chercha pas à dissimuler son impatience. Ostensiblement, elle soupira, marmonna, s'agita, fourragea dans ses affaires : un grand sac à main disgracieux en peau de reptile ; un fourre-tout plus grand encore, composé de plaques d'un matériau métallique chatoyant ; une pile de chemises Kraft et une énorme boîte cartonnée.

Son agitation frisait l'impolitesse et lui valut les froncements de sourcils du juge Carson ; il était évident que l'huissier et d'autres membres du tribunal connaissaient Mme Haider et sa crinière blanche même si elle-même avait trop d'arrogance pour daigner les reconnaître.

Grossman m'avait dit au téléphone que, d'après ce qu'il savait, Mme Haider n'avait pas d'avocat – « Elle n'a probablement réussi à trouver personne pour une affaire aussi ridicule » – et qu'elle remplirait donc elle-même ce rôle, ce qui ne manquerait pas d'exaspérer un peu plus le juge Carson.

(J'avais d'abord pensé ne pas connaître Owen Carson, juge du comté de Hecate depuis fort longtemps, mais en fait nous étions indirectement liés : nos femmes avaient toutes deux fait partie du comité du gala de soutien à la bibliothèque publique de Harbourton, et étaient – dans une certaine mesure – amies ; j'avais en tout cas serré la main d'Owen Carson plus d'une fois, et il me semblait me souvenir d'une remarque plaisante d'Irina ou de Mme Carson : *Owen est l'un de vos admirateurs. Il adore les romans policiers, même s'il les oublie entièrement dès la dernière page tournée !*)

Quand l'affaire *Haider contre Rush* fut enfin appelée, à 10 h 58, Mme Haider était dans un état de frustration et de fureur contenues. Elle se leva avec excitation – c'était une femme étonnamment petite, trapue et compacte, que ses épaules rembourrées et son tailleur-pantalon grisâtre ne flattaient guère – et se présenta au juge comme la plaignante – « la *plai-gnante* » –, comme quelqu'un qu'on avait « *volé pendant des années* » – « *pla-gié* » – d'une voix enfantine, nasale et irascible, que je reconnus immédiatement pour celle du téléphone.

Il était évident que le juge Carson connaissait la plaignante. Quand il lui demanda, avec précaution, avec amabilité, si elle n'avait pas d'avocat pour la représenter, Mme Haider répondit avec véhémence : « Monsieur, *je n'ai pas d'avocat parce que je ne veux ni n'ai besoin d'un avocat et parce que personne ne peut parler pour moi. J'ai la justice de mon côté, cette fois-ci comme la précédente. Vous le verrez.* »

Une onde d'étonnement, d'amusement, parcourut la salle du tribunal. La séance compassée s'anima comme si quelqu'un avait brusquement monté à fond le son d'une télévision. Avec froideur et courtoisie, le juge Carson réprimanda la plaignante pour l'avoir appelé « monsieur » au lieu de « Votre Honneur », à quoi elle répliqua, d'un ton sec : « "Honneur" est un terme qui se mérite, monsieur. Nous verrons si votre cour en est digne. »

On voyait immédiatement – je vis immédiatement – que la cause de Mme Haider était perdue, comme elle-même était une cause perdue : une timbrée dont on respectait pour la forme le droit de porter plainte contre l'un de ses concitoyens, mais que le juge débouterait le plus rapidement possible.

J'avais noté la remarque : *Cette fois-ci comme la précédente.* C. W. Haider avait déjà porté plainte devant ce tribunal.

J'en éprouvai un soulagement immédiat. C. W. Haider était une folle, comme je l'avais supposé. Elle ne pourrait l'emporter sur *moi.*

Même Elliot Grossman, l'avocat de la grande ville représentant une maison d'édition mondialement célèbre, eut des difficultés avec Haider, qui l'interrompait avant qu'il pût terminer une phrase ; à plusieurs reprises, le juge Carson dut recourir à son marteau, avec la nervosité d'un juge de télévision tentant de rétablir l'ordre dans une salle de tribunal comiquement turbulente. Les spectateurs, somnolents lors des précédentes audiences, étaient à présent tout à fait réveillés et grandement amusés.

Mme Haider semblait dépourvue de tout ce qu'on pouvait qualifier de sens normal ou traditionnel des convenances. Elle ne se rendait pas compte – à moins qu'elle s'en moquât – de ce que le son de sa voix avait d'horripilant, de ce que ses airs supérieurs avaient d'irritant ; du fait qu'elle sabotait sa requête en ne se conformant pas à la procédure. Même quand le juge Carson, exaspéré, déclarait ses remarques irrecevables, elle continuait à parler fort, comme si se faire entendre était la seule chose qui comptait – comme si elle en appelait à une justice supérieure à celle du tribunal municipal du comté de Hecate. « Monsieur... "Votre Honneur", je suis venue ici en tant que citoyenne réclamer des dommages-intérêts et une injonction contre de nouveaux vols, plagiats et atteintes à ma vie privée de la part de ce coquin d'Andrew J. Rush, qui n'a pas le courage de m'affronter aujourd'hui, mais préfère *se cacher derrière un avocat.* Je prouverai le bien-fondé de ma requête contre Andrew J. Rush et *j'obtiendrai justice.* »

Le juge Carson eut du mérite à laisser Haider présenter les rudiments de son affaire au lieu de la débouter immédiatement, ce qu'un autre juge, moins gentleman, aurait peut-être fait. Avec l'indulgence d'un parent légèrement plus jeune pour une aînée – Carson devait friser la soixantaine : crâne chauve brillant, yeux myopes –, il laissa la plaignante indignée parler longuement et exhiber la batterie de « preuves » qu'elle avait apportées : des tapuscrits jaunis ; une dizaine de journaux intimes grands comme des livres de comptes ; plusieurs exemplaires de mes romans, où des passages étaient annotés en rouge. (Cela me donna un choc, avant que Haider ne les eût identifiés, de les reconnaître de loin à leurs couvertures ; de me rendre compte que c'était effectivement *mes livres* : comme si une partie de ma vie privée était exposée dans le tribunal par quelqu'un qui était résolu à me détruire.) Haider qualifia les tapuscrits de nouvelles « non encore publiées » et de chapitres d'*ouvrages en cours* ; les journaux étaient les siens et remontaient à 1965, date à laquelle la plaignante était âgée de dix-huit ans ; les livres reliés étaient bien ceux d'Andrew J. Rush, et Haider y avait copieusement annoté les passages qu'elle affirmait lui avoir été « volés ».

D'une voix théâtrale haut perchée, Haider lut des extraits de ses textes, puis des extraits de ceux d'Andrew J. Rush : « Vous voyez ? C'est du vol, du pla-giat. Non seulement ce coquin me vole mes mots, mais il me vole ma *vie.* »

Ces accusations extravagantes durèrent un certain temps. Comme il aurait été pénible d'être assis à la table de la défense, à côté d'Elliot Grossman ! Déjà ainsi, des larmes de mortification me montaient aux yeux. J'avais entendu des livres audio de mes romans, lus par des professionnels bienveillants, mais je n'avais jamais entendu ma prose lue à haute voix d'une façon aussi accusatrice et railleuse ; les phrases soigneusement construites, les comparaisons « astucieuses », les mots recherchés (*claustral*, *séreux*) choisis dans mon vieux dictionnaire fatigué me semblaient maintenant pitoyables, d'une complaisance empruntée. Non seulement Haider m'accusait d'avoir plagié sa prose, mais cette prose elle-même, révélée à l'auditoire amusé, était mauvaise à pleurer.

La voix de Haider se fit stridente : « Comme ces ouvrages de C. W. Haider qu'il a pillés n'ont pas encore été publiés, il est évident que ce coquin s'est introduit dans ma maison, ou plutôt dans la maison de mon défunt père, Walter Haider, au 88, Tumbrel Place, afin de les voler grâce à quelque procédé de reproduction… »

Rires dans la salle. Quel cauchemar !

Grossman avait raison, c'était une terrible erreur d'être venu. Je me dis : *C'est le Valet de pique qui m'a conduit ici.* À l'avenir je devrais éviter de céder aux impulsions anarchiques du Valet de pique.

Finalement, le juge Carson interrompit la plaignante au beau milieu d'une phrase en remarquant qu'elle avait dit ce qu'elle avait à dire, et plus d'une fois. Il invita Grossman à répondre : « Avec concision, je vous prie. »

Grossman déclara que l'affaire était absurde à première vue : le défendeur Andrew J. Rush était un « maître du genre policier dont la réputation n'est plus à faire », ses œuvres publiées remontaient à la fin des années 1980 ; il était l'auteur de vingt-huit « best-sellers », traduits dans autant de langues, sinon plus ; Rush était par ailleurs un citoyen connu pour son engagement civique et sa philanthropie. S'il semblait y avoir des « parallèles » et des « échos » entre la prose de la plaignante et celle de Rush dans les extraits qui avaient été lus à la cour, on ne pouvait déterminer si la prose de la plaignante avait précédé celle du défendeur, car elle n'avait pas publié son œuvre et ne pouvait donner de dates fiables de sa composition. L'« atteinte à la vie privée » était de toute manière difficile à prouver, car rien dans la vie privée de la plaignante ne se retrouvait *manifestement, évidemment ou littéralement* dans les romans de Rush ; s'il y avait des « coïncidences », elles se limitaient à cela : des « coïncidences ». Aussi Grossman demandait-il le rejet de la plainte.

Furieuse, Haider objecta que ses journaux étaient bel et bien « datés »… par elle, et qu'un laboratoire scientifique pourrait « dater » les manuscrits s'il y avait le moindre doute. Grossman répliqua que les journaux étaient datés uniquement « de la main de la plaignante » et que, tant qu'un laboratoire scientifique digne de confiance n'aurait pas daté précisément les manuscrits, la plaignante n'avait pas l'ombre d'un argument. De nouveau, il demanda le rejet de la plainte en raison de son caractère futile, indigne d'être sérieusement pris en considération.

L'excitation de Haider croissait. Son béret avait glissé, ses airs supérieurs croulaient. Le juge Carson, dont elle avait considéré la courtoisie comme son dû, ne se montrait plus aussi indulgent, l'interrompant de son marteau, disqualifiant ses propos et insistant pour qu'elle laissât parler Grossman. Haider semblait cependant incapable de ne pas interrompre l'avocat, comme si un démon s'exprimait par sa bouche : « Non ! Non, non ! Ce sont *mes écrits*, monsieur ! Je suis écrivain, moi aussi… un écrivain de prose et de poésie ! Il est *entré par effraction* chez moi… des années durant ! Ce sont mes souvenirs précieux, Votre Honneur, car c'est *à moi que c'est arrivé.* Ce plagiaire me prend mes souvenirs précieux, des choses qui me sont arrivées, à moi et à ma famille, et il les déforme dans sa fiction *jusqu'à ce que ce ne soit plus du tout ce qui est arrivé, mais un vil MENSONGE.* »

De nouveau Grossman demanda le rejet d'une requête « inconsistante, infondée et spécieuse » et, d'un seul coup de son marteau, le juge Carson lui donna raison. Il avait maintenant le visage empourpré et brûlant d'indignation, et Haider était si surexcitée et si échevelée que l'huissier et le shérif adjoint du comté se précipitèrent vers elle afin de l'escorter hors de la salle.

« Je vous prie de quitter calmement ce tribunal, madame. Sur-le-champ.

– Je suis ici pour *être entendue*, monsieur. J'obtiendrai *justice.* Je ne partirai pas d'ici avant d'avoir *obtenu justice.* »

Sans qu'on sût comment, l'huissier – corpulent, entre deux âges – se retrouva soudain par terre, tandis que – est-ce possible, ou me l'imaginai-je dans la confusion du moment ? – Haider le frappait de ses chaussures à gros bout comme on lancerait des coups de pied dans une porte qui refuse de s'ouvrir.

Haider repoussait les mains qui tentaient de la retenir : une bonne demi-douzaine, à présent. Haider hurlait, Haider poussait des cris stridents. Des manuscrits jaunis tombèrent sur le sol, la boîte cartonnée se renversa : papiers, documents, journaux se déversèrent en cascade. Les livres reliés d'Andrew J. Rush furent piétinés. Haider avait apparemment une sorte d'attaque, un genre de crise d'épilepsie ; plusieurs agents en uniforme tentaient de la maîtriser. Était-ce un effet de mon imagination : elle avait les yeux révulsés et, sur sa bouche distendue, brillait la salive écumante de la folie… D'une voix forte, le juge Carson déclara l'audience close. En toute hâte, il quitta la salle par une porte derrière. Pauvre homme ! Une horreur insondable était peinte sur son visage. Le juge d'un petit tribunal de banlieue n'est pas habitué à la *réalité agressive et brutale*… seulement à des mots. Mais voilà que les mots s'étaient mués en *réalité agressive et brutale*.

On nous ordonnait d'évacuer la salle. Avec d'autres, je me dirigeai vers le couloir tandis que, dans la salle, la femme à la folle crinière blanche hurlait et sanglotait, toujours aux prises avec les agents : *Justice ! J'obtiendrai… justice !*

Il est rare d'entendre la voix de la folie. La voix véritable, déchirante, de la folie d'autrui.

Tu vois ? L'ennemi a été vaincu.

Si une punition plus grande est requise, elle sera infligée.

9
Vainqueur

Au téléphone, Grossman triomphait.

« Une victoire totale, Andrew ! Peut-être auriez-vous dû venir, c'était un sacré spectacle.

– Ah bon ! » Je parvins à feindre l'étonnement et une légère inquiétude.

« Le spectacle a été assuré par la plaignante, en fait. Cette pauvre femme a l'esprit dérangé, comme nous le pensions. » Mais Grossman riait avec exubérance.

Je rentrais chez moi en voiture quand il m'avait appelé sur mon portable pour m'apprendre la bonne nouvelle. En voyant son nom sur l'écran, j'avais hésité à répondre, saisi, contre toute raison, de la crainte enfantine que l'affaire n'eût mal tourné pour moi, malgré tout.

La séance du tribunal, d'un bout à l'autre, m'avait fait l'effet d'un rêve irréel. Il y avait eu quelque chose de véritablement cauchemardesque dans cette femme à la folle crinière blanche, qui avait été non seulement vaincue, mais publiquement humiliée. J'entendais encore les cris et les sanglots de cette pauvre C. W. Haider, ses appels à la justice.

Je pensais : *Mais je n'y suis pour rien. Elle a elle-même provoqué ce désastre.*

« Le juge l'a déboutée comme je savais qu'il le ferait. Il a laissé la plaignante présenter son affaire ridicule – dérouler elle-même la corde pour se pendre. Comme je le pensais, C. W. Haider s'est révélée être la timbrée du coin : elle cherchait moins à obtenir de l'argent que des excuses publiques de votre part, et ce qu'elle appelle des "dommages et intérêts". Manifestement, elle appartient à une famille connue dans la région et elle a de l'argent, ou plutôt elle en a hérité. Cela vous aurait amusé, Andrew : elle prétendait que vous, un auteur à succès, étiez entré chez elle par effraction – *au sens propre* – pour lui voler ses écrits ! Vous aviez volé des idées et des passages de ses manuscrits et de ses journaux… il y en avait des milliers de pages, écrites à la main. Seigneur ! Naturellement, elle n'avait aucune preuve et semblait convaincue qu'on devait la croire sur parole. À sa manière de s'adresser à la cour, vous auriez pu la prendre pour une princesse du sang. Son principal argument était que certains de ses manuscrits étaient antérieurs à vos romans – lesquels s'en inspiraient – mais il était impossible de dater les manuscrits, même si quelqu'un avait voulu prendre au sérieux ses affirmations ridicules. Sans surprise, Haider est un écrivain qui n'a jamais été publié, sinon à compte d'auteur. Elle a des *ouvrages en cours* depuis des décennies. Elle prétendait également que vous aviez volé des événements de sa vie, soit que vous ayez écrit sur sa vie au sens propre, soit que vous l'ayez transformée au point de la réduire à un "vil mensonge". » Grossman rit de bon cœur. Le grondement que j'avais aux oreilles m'empêcha de tout entendre, mais je saisis les mots qu'il répétait : *dérangée*, *pitoyable*, *folle*, *déboutée*.

« Pour l'essentiel, l'affaire est close, Andrew. Votre rôle est terminé : vous pouvez oublier C. W. Haider. Je vais demander une injonction l'empêchant de vous harceler à nouveau et exiger qu'elle paie frais et dépens. Vous ne payez pas mes honoraires et je travaille sous contrat avec votre maison d'édition, mais il vaut toujours mieux réclamer toutes les sanctions possibles contre des gens comme Haider : c'est dissuasif. Imaginez un peu que l'affaire ait été soumise à un jury et qu'un juré paranoïaque ait pris le parti de Haider : cela aurait pu mal tourner pour vous. »

Grossman donnait maintenant libre cours à une indignation vertueuse. J'avais dû me garer sur le bas-côté pour l'écouter.

Un peu hébété, j'avais quitté le tribunal en évitant tous les regards, espérant que personne ne me reconnaîtrait. Entendre lire ma prose par cette voix railleuse et grinçante avait été un supplice. J'avais tout particulièrement veillé à éviter Elliot Grossman qui, en grande discussion avec des collègues, s'attardait sur les marches du tribunal : un homme plein d'assurance, très new-yorkais dans ses manières, tout plein de sa victoire et frustré par la conclusion abrupte de l'affaire. Grossman avait été conduit en limousine du centre de Manhattan à Harbourton, New Jersey, et il avait terminé sa journée de travail avant 14 heures – encore bourré d'adrénaline.

Alors que je quittais le parking du tribunal, j'avais entendu une sirène et vu une ambulance s'arrêter devant l'entrée principale. La petite foule rassemblée sur le trottoir s'était écartée juste assez pour laisser passer l'équipe médicale.

J'avais aussitôt détourné le regard. Je ne voulais pas voir, même fugitivement, la femme aux cheveux blancs.

Mais si tu as beaucoup de chance, elle mourra.

Elle mourra, et tu ne seras jamais dénoncé.

Avec cruauté et jubilation, Grossman se vantait de nouveau que tout se fût déroulé exactement comme il l'avait prévu.

S'attendait-il à des compliments de ma part ? À de nouveaux remerciements ?

« Voilà qui vous fera un sujet pour l'un de vos thrillers, hein, Andrew ? »

L'insulte me piqua au vif. Comme si je n'avais pas mieux à faire que d'écrire sur la pitoyable C. W. Haider !

Dans une brume migraineuse, je remerciai Grossman. Je le complimentai et lui assurai que je parlerai à mon éditeur de sa brillante intervention, mais… « je ne pense pas que nous devions poursuivre la plaignante davantage. Laissons tomber cette affaire pitoyable.

– Que voulez-vous dire, "laisser tomber" ? Je ne comprends pas.

– Je ne veux pas la poursuivre pour… ce que vous avez dit : frais de justice, dépens. Laissons tomber.

– La plaignante a perdu, Andrew, et elle doit payer. Elle doit payer pour sa requête inconsidérée. Pourquoi serait-ce à votre éditeur de le faire ?

– Je paierai. Je paierai vos honoraires, et les frais, quels qu'ils soient. Envoyez-moi votre note.

– Ne soyez pas ridicule. Vous êtes la partie innocente. Mes honoraires sont payés par la maison d'édition. Et je suis bien payé. Mais Haider est la partie perdante, et elle *doit payer*. Les frais sont une arme dissuasive contre les poursuites abusives. Sinon, n'importe quel imbécile poursuivrait n'importe quel autre imbécile, et les tribunaux seraient engorgés. Cette femme est d'une famille fortunée, après tout. »

J'insistai, disant que je ne voulais pas humilier C. W. Haider davantage. Elle était hospitalisée, non ? Elle s'était effondrée dans la salle du tribunal et avait dû être transportée en ambulance…

« Comment le savez-vous, Andrew ?

– Vous me l'avez dit.

– Ah bon ? Je ne m'en souviens pas. »

Mon front, mon corps tout entier se couvrirent de sueur. Une douleur me martela le crâne. Je n'arrivais pas à me rappeler si Grossman m'avait donné ces détails.

« Si, vous avez dit… vous m'avez raconté que Haider s'était effondrée dans le tribunal et que l'on avait appelé une ambulance. Vous me l'avez dit, il y a quelques instants à peine.

– Tiens donc ! » Grossman semblait sincèrement perplexe.

Très vite, je bégayai que je devais raccrocher, que je ne pouvais pas conduire en parlant au téléphone et que je le rappellerais.

Plusieurs minutes s'écoulèrent avant que je rassemble mes pensées égarées et que je me sente la force de reprendre le volant pour regagner Mill Brook House.

J'entrai dans la maison, qui était très silencieuse. Je n'avais pas remarqué si la voiture d'Irina était dans l'allée. Il semblait n'y avoir personne.

Pas même la femme de ménage. Personne.

Le silence déferla sur moi. Par vagues.

Ils sont tous morts, et tu es libre.

Et tu es innocent.

10

« Innocent comme un agneau »

Et puis, j'attendis.

Le *Harbourton Weekly* sortait le mercredi.

J'appréhendais un titre dévastateur en première page : *Le célèbre écrivain Andrew J. Rush, poursuivi pour vol et plagiat devant le tribunal du comté de Hecate.*

Ni la télévision ni la radio locales n'avaient parlé des événements du lundi. Aucun journaliste n'avait cherché à me joindre. Irina semblait ignorer qu'un incident perturbant s'était produit dans ma vie et, bien entendu, je ne lui dis rien.

Quand le *Weekly* arriva finalement dans notre boîte aux lettres et que je l'ouvris, je ne vis rien en première page, ni mon nom ni ma photo. Pas de *Rush*, pas de *Haider*.

Je regagnai lentement la maison. Mes mains tremblaient, et j'avais les yeux humides.

Pris d'une crainte subite, je m'immobilisai et ouvris le journal à la page 6, je parcourus la « Chronique judiciaire », et même la « Main courante » : rien.

Dans le journal tout entier : rien.

Mon cœur se dilata. Je ris tout haut, de reconnaissance. J'éprouvais l'euphorie de qui a échappé à une punition, quoique incapable de dire pourquoi.

II

11
Crime parfait

Et maintenant, il est temps.

Qu'Andrew J. Rush commette un crime parfait.

Réveillé en pleine nuit par un coup au cœur. Les mâchoires douloureuses comme si j'avais grincé des molaires.

Quelle heure était-il ? À peine si je pouvais distinguer les chiffres sur la pendule à côté du lit.

Cette heure précédant l'aube qui n'est pas encore l'aube. L'heure du loup, dit-on, celle où les gens gravement malades risquent le plus de mourir.

Tu ne vois donc pas ? Devant tes yeux ?

Ton ennemi… impuissant.

Ton ennemi… qui attend.

À l'autre bout du lit, Irina dormait. Depuis notre emménagement à Mill Brook House, nous avions fait l'acquisition d'un lit *king size*, vaste comme un champ, où deux corps animés, produisant de la chaleur, peuvent passer leurs nuits dans l'oubli total l'un de l'autre.

À la vérité, il arrive qu'Irina me demande : « Andrew ? Tout va bien ? »

Ou : « Andrew ? Tu fais un cauchemar ? »

Ou : « Andrew ! Tu grinçais encore des dents. »

Cette nuit-là, Irina n'était (apparemment) pas réveillée. Quelque chose m'avait tiré du sommeil au point culminant d'un rêve, si chaotique, si confus que je l'avais immédiatement oublié – ou plutôt, quel qu'eût été son contenu, *possiblement, fugitivement, la femme à la folle crinière blanche*, je n'étais plus capable de m'en souvenir.

C'était de cette manière, dans ces moments, que le Valet de pique me parlait le plus directement. Mais je n'étais pas toujours certain du sens de ses propos railleurs.

… *temps.*

… *crime parfait.*

12
Tentation

« Andrew ? Vous avez une minute ? »

C'était Grossman. Je n'avais pas eu envie de décrocher le téléphone, mais m'en étais senti le devoir.

Une semaine s'était écoulée depuis l'audience au tribunal du comté de Hecate. Ma crainte de me voir dénoncé dans les médias locaux s'atténuait lentement et je m'étais remis au travail, ou presque. Je consultais toujours mes e-mails avec appréhension, et répondais rarement au téléphone à moins d'être assuré de connaître mon interlocuteur et de pouvoir lui faire confiance.

J'avais espéré ne plus entendre parler de l'avocat de mon éditeur. L'épisode m'avait ébranlé d'une façon que je n'aurais su expliquer. En ce qui me concernait, l'affaire était close.

J'étais déterminé à ne plus jamais penser à C. W. Haider… même si, dans des moments de faiblesse, je me retrouvais en train de regarder dans le vide, entendant résonner à mes oreilles cette voix courroucée, furieuse *J'obtiendrai justice !*

Je me demandais si C. W. Haider était morte à l'hôpital. Pour ce que j'en savais, elle avait pu mourir d'une attaque ou d'une crise cardiaque dans l'ambulance. Un instant, je me dis que c'était peut-être la raison de l'appel de Grossman, et je ne sus si j'en éprouverais du soulagement ou un regret coupable.

Mais Grossman avait la voix sonore et enthousiaste.

« Des éléments nouveaux fort intéressants, Andrew! Êtes-vous prêt à une surprise ? »

Non. Plus de surprises.

« J'imagine que oui.

– J'avais prédit que cette C. W. Haider devait être la "timbrée locale", vous vous rappelez ? Il s'avère que c'est le cas. Elle a déposé plainte contre d'autres écrivains – de grands écrivains – exactement comme elle l'a fait avec vous. Mon assistant a mené une petite enquête et découvert que Haider avait tenté de s'en prendre à Stephen King, il y a quelques années. Je ne le représentais pas à ce moment-là, mais je connais l'avocat qui travaillait avec lui, je lui ai passé un coup de téléphone, et devinez quoi, Andrew… »

Un instant, je ne compris pas.

Stephen King ? Elle a essayé de le poursuivre… lui aussi ?

Andrew J. Rush ne représente rien de particulier pour elle… en fin de compte ?

Grossman expliquait que les arguments que Haider avait préparés contre Stephen King étaient presque identiques à ceux utilisés contre Andrew J. Rush, à ceci près que les passages et les livres étaient différents.

Même l'accusation ridicule de cambriolage était identique.

« Imaginez un peu… la vraisemblance d'un Stephen King venant à Harbourton dans le New Jersey… pour la cambrioler, elle ! »

Grossman rit de bon cœur. L'idée était en effet absurde.

« En octobre 2004, une audience s'est tenue dans le même tribunal et devant le même juge, Haider "se représentant" toute seule, là aussi. »

Grossman trouvait ce fait particulièrement amusant.

Sans conviction, je tâchai de rire. « Vraiment ! Le même juge… »

Stephen King avait été si alarmé par cette femme, qui lui avait également adressé des lettres de menace par l'entremise de son éditeur, qu'il avait engagé un détective privé pour enquêter sur elle. Il avait craint qu'elle ne vienne dans le Maine les harceler, lui et sa famille ; qu'elle ne fût assez folle pour tenter de tuer quelqu'un. Mais le détective n'avait rien trouvé de très alarmant, et King avait laissé tomber l'affaire.

« Vous êtes sûr qu'elle ne vous a jamais écrit de lettres de menace, Andrew ? Peut-être ont-elles été adressées à votre éditeur et ne vous les a-t-on pas fait suivre ? »

Je ne savais que répondre. Hébété, je me sentais incapable d'une réflexion cohérente. Le rire exubérant de Grossman me donnait l'impression d'étouffer.

« Votre adversaire a également tenté de poursuivre, au fil des ans, John Updike et John Grisham, Norman Mailer et Dean Koontz, Peter Straub, James Patterson… *et* Dan Brown ! … Sans succès. »

Nous rîmes tous les deux. Ma foi, c'était drôle… non ?

Je me dégonflais lentement. Comme un ballon percé d'un coup d'épingle.

« Une sacrée virtuose, votre Mme Haider ! Quelle étendue de styles et de thèmes !

– Oui, euh… j'imagine que cela ne devrait pas nous surprendre. »

C'est une surprise totale. Et une surprise qui n'a rien de flatteur.

« J'aimerais donc déposer plainte contre elle, Andrew. Comme je vous le disais, c'est à nous qu'il revient de passer à l'action, à présent. »

Je comprenais que ce n'était sans doute qu'une proposition de bon sens. Un avocat devait savoir, et il avait sûrement mon intérêt à cœur. Néanmoins, mon instinct me poussait à résister.

« Mais… savez-vous comment elle va ? Il est possible qu'elle ne soit même plus en vie…

– Mon assistant a enquêté. On l'a emmenée à New Brunswick pour "observation" – il se pourrait qu'elle souffre d'une forme congénitale d'épilepsie, ce qui se traduit par des crises quand elle est contrariée ou en colère. Mon assistant a rencontré une sorte d'homme à tout faire des Haider, qui s'est montré très obligeant. Il lui a dit que "combattre ses ennemis" était ce qui faisait tenir Mme Haider depuis que son père est mort en la laissant seule au monde. Ses ennemis littéraires, mais aussi ses voisins de Tumbrel Place et les fonctionnaires municipaux. Par parenthèse, elle a soixante-sept ans. »

Soixante-sept ans ! Je l'avais espérée plus âgée. Cela me paraissait affreusement jeune. Avec la détermination inflexible des fous, C. W. Haider pouvait me persécuter pendant vingt ans encore.

« Si vous n'y voyez pas d'inconvénient, Andrew, je vais mettre mon plan à exécution. Nous obtiendrons une injonction contre elle afin qu'elle "cesse et s'abstienne de vous harceler" et nous demanderons le paiement des frais. Vous n'aurez pas à vous en occuper, sauf à signer un document ou deux. »

Mais mon instinct me poussait toujours à résister, à refuser. Dans cette situation désagréable, Andrew J. Rush se devait de se comporter *noblement*.

« Comme je vous l'ai dit, Elliot, je ne veux pas de représailles. Cet incident m'a laissé un goût amer.

– Mais vous étiez la victime ! Imaginez que vous n'ayez pas eu un éditeur soucieux de vous protéger, et qu'il vous ait fallu engager un avocat – un avocat de Manhattan, pas de Harbourton, New Jersey. (Je ne suis pas bon marché, Andrew, raison pour laquelle vous devriez suivre mes conseils.) Imaginez que le juge n'ait pas été raisonnable et que nous soyons allés au procès. Imaginez que le jugement vous ait été défavorable, qui sait à combien le règlement se serait élevé… des millions ? Vous auriez dû faire appel devant la cour d'appel du New Jersey… et tout cela se paie au prix fort, je peux vous l'assurer. On a vu se produire plus bizarre et plus injuste dans l'histoire de la justice américaine.

– Mais… que feriez-vous exactement ? Combien devrait-elle payer ? »

Patiemment, Grossman m'expliqua de nouveau son plan. Il me donna une estimation… une somme bien plus importante que je ne le pensais.

« Je vous l'ai dit, Andrew… *nous aurons sa peau.* »

Un instant, je fus tenté. C'était comme de s'avancer en tapinois sur un plongeoir – un plongeoir élevé – pour (doucement, presque imperceptiblement) peser sur le dos nu de quelqu'un et le précipiter dans l'espace.

Je fus tenté de céder aux conseils de cet avocat agressif, de poursuivre et punir. De terrasser l'ennemi déjà vaincu. *D'avoir sa peau.*

Mais je m'entendis dire :

« Je comprends, Elliot. Mais… je ne veux toujours pas la poursuivre.

– Seigneur ! Seriez-vous donc un genre de… chrétien ? De quaker ? Est-il juste d'attendre de votre éditeur qu'il paie ?

– Je paierai les frais et les dépens de ma poche, je vous l'ai dit. Je veux simplement oublier cet épisode lamentable et reprendre le cours de ma vie.

– Ma foi, c'est très noble de votre part. Un vrai gentleman. »

(Grossman raillait-il ? J'imaginais sa bouche se tordre de mépris.)

« Cette femme me fait pitié, voilà tout. La maladie mentale n'est ni un choix ni une option, et elle ne doit pas être confondue avec un comportement criminel. De son point de vue, Haider était persuadée d'avoir raison.

– Exactement ce qu'on aurait pu dire de Hitler ou de Gengis Khan. Ou des criminels de guerre parmi nos propres hommes politiques. Vous avez parfaitement raison.

– Haider n'est ni un Hitler ni un Gengis Khan. C'est une vieille femme solitaire qui croit être écrivain. Son attaque l'a peut-être laissée définitivement handicapée. Avoir obtenu gain de cause est suffisant, je ne veux pas la mettre dans une situation encore plus désespérée.

– Entendu, Andrew. Nous en resterons là. Pour le moment, en tout cas.

– Je vous en prie, je ne veux plus que cela continue. J'aurais terriblement honte si quelqu'un apprenait que nous persécutons cette femme. Je ne compte plus accorder une seule pensée à C. W. Haider.

– Bien ! Il est rare que la partie lésée soit aussi généreuse, mais Andrew J. Rush n'est manifestement pas un homme ordinaire. Pouvez-vous au moins me promettre de ne pas la contacter ? À l'hôpital ou chez elle ?

– Évidemment ! Je n'ai aucune raison de le faire.

– Vous m'avez dit lui avoir téléphoné.

– C'était pour tenter de la fléchir, pour qu'elle renonce à sa plainte. Je n'ai aucune raison de reprendre contact avec elle.

– Eh bien, vous pourriez imaginer pouvoir la convaincre de votre "innocence". Vous ne semblez pas vous rendre compte que l'"innocence" n'est pas un critère en matière de droit : c'est ce que le droit détermine qui établit l'"innocence" ou la “culpabilité”. Que vous ayez volé vos vingt-huit romans sur les étagères de manuscrits de C. W. Haider ou pas une seule ligne importe peu ; seule la décision du juge importe. Ce que les autres, cette procédurière de C. W. Haider par exemple, en pensent n’a aucune importance. »

Voilà qui était profondément insultant. Je me contraignis cependant à murmurer mon assentiment.

« Nous en reparlerons peut-être. Je n’aime pas l’idée d’en rester là. En tant que professionnel, je juge mes conseils utiles à mes clients : il ne s’agit pas seulement de sentiments. Promettez-moi au moins que vous vous tiendrez à l’écart de cette femme.

– Naturellement pas. Je veux dire… je ne chercherai pas à la contacter.

– Et si elle vous harcèle encore, appelez-moi immédiatement.

– Oui.

– Vous me le promettez ? Vous m’appellerez immédiatement si elle vous importune de nouveau ?

– Oui. J’appellerai immédiatement.

– Et alors, Andrew, je me servirai de toutes les armes à ma disposition. Fini de jouer les bonnes poires, hein ? *Nous aurons sa peau.* »

Ce soir-là, je fus au lit à minuit. Trop épuisé même pour prendre mon stylo, mon bloc de papier jaune et pour siroter du whisky, assis devant la petite table éraflée, immergé dans la prose séduisante du Valet de pique.

Mais je ne dormis que par intermittence. Soupirant et me tortillant comme un grand poisson pris dans un filet.

Et qui tient ce filet ?

13

Immunité

Tu jouis de l'immunité à présent.

Personne ne croira cette sorcière si elle t'accuse.

Souvent le Valet de pique taquinait.

Souvent le Valet de pique raillait.

Dans les interstices de « ma » vie – la vie d'écrivain d'Andrew J. Rush –, ses paroles évoquaient le sifflement d'un gaz qui s'échappe.

Particulièrement dans mon beau bureau, au-dessus des vieilles écuries. Dans ce qui avait été mon refuge je me sentais vulnérable, nerveux.

Quoi que tu puisses souhaiter faire, C. W. est ta cible.

Regarde ce que tu as sous les yeux ! Le plus délicieux des défis.

« Je ne m'intéresse absolument pas à C. W. Haider. Je ne prendrai même pas de nouvelles de sa santé. »

C'était vrai. C'était ma résolution.

Dans les semaines qui suivirent l'assignation et l'audience. Dans les semaines qui suivirent l'effondrement dans la salle du tribunal. Les hurlements.

Jus-tice !

Malgré tout, j'avais apparemment du mal à travailler. Le méticuleux canevas de vingt pages d'*Entrelacs* me semblait soudain absurde. Une grande partie de mes heures de travail se passait à relire, à réviser, sans entrain. Avant l'assignation, j'en étais à peu près à la page 120 de mon roman, mais à présent, par corrosion quotidienne, il n'y en avait guère plus de la moitié que je supportais de lire.

Tout ce à quoi j'avais travaillé avec application me semblait sonner creux. Ma prose, raillée dans la salle d'audience par la femme à la folle crinière blanche, se révélait plate et peu convaincante. Les « personnages » que je pensais avoir créés avec amour, et dont les portraits au crayon étaient punaisés sur le panneau de liège à côté de ma table, semblaient avoir conspiré contre moi, derrière mon dos, pour proférer le genre de banalités fades qu'on lit dans certaines bandes dessinées.

Tu vois ? La sorcière t'a jeté une malédiction.

Que vas-tu faire pour la conjurer ?

14
« Neveu »

Elle avait été transportée dans une clinique psychiatrique de New Brunswick. Je le savais, j'avais passé plus d'un appel discret.

« Aimeriez-vous parler à Mme Haider, monsieur ? Elle est dans la salle de séjour en ce moment. Je la vois d'ici. »

Je répondis aussitôt à l'infirmière par la négative. Non merci. Je ne voulais pas perturber ma tante.

« Mais ça ne la perturberait pas, je pense. Elle se sent seule. Elle fait des progrès remarquables, ici, mais cela aide beaucoup quand un patient a des visiteurs. Les patients âgés, surtout. Ils ont besoin de se "relier" à des visages familiers pour rester dans la réalité. Vous avez dit que vous étiez le neveu de Mme Haider ? »

J'expliquai que oui, j'étais son neveu, mais seulement le fils d'un demi-frère, et que j'habitais Duluth, dans l'Iowa – Duluth était-elle bien dans l'Iowa ? –, trop loin pour lui rendre visite dans l'immédiat.

« Eh bien, nous espérons que Mme Haider pourra bientôt passer en consultation externe. Elle est la plus vive et la plus bavarde de nos patientes. Évidemment, elle a beaucoup de sujets de rouspétance. C'est une sacrée rouspéteuse, pas de doute ! » L'infirmière rit, comme si sa remarque était une sorte de litote qu'en ma qualité de parent j'étais en mesure d'apprécier.

« Ma tante est en progrès, alors ? Elle va bientôt sortir ?

– Oui, monsieur. Comment vous appelez-vous ? Je lui dirai que vous avez appelé.

– Stephen. Je m'appelle Stephen.

– "Stephen"… Haider ? »

– Non. Stephen King. »

Un silence médusé. Puis : « … Comme l'écrivain, vous voulez dire ? Le même nom que le célèbre écrivain ?

– Le même nom, oui. Mais pas la même personne.

– Eh bien… entendu ! Je dirai à Mme Haider que vous pensez à elle, monsieur King !

– Appelez-moi Stephen, je vous en prie.

– *Stephen*. Ouaouh ! »

15
« Cela ne me plaît pas »

« Si tu n'y vois pas d'inconvénient, Andrew. Je crois que je devrais assister… »

Irina parlait avec hésitation. Nous avions ce différend concernant les heures qu'elle consacrait à l'école des Amis, excessives selon moi par rapport au salaire (modeste) qu'elle percevait.

« Presque tous les enseignants seront là… Je ne resterai pas pour le buffet.

– Ne dis pas de bêtises, chérie ! Si tu en as envie, fais-le.

– Eh bien, je n'en ai pas *envie*. J'ai *envie* de dîner avec mon mari, évidemment… »

Pour apaiser ma chère femme, dont l'air contrit était aussi touchant qu'agaçant, je lui dis qu'elle devait absolument rester dîner avec ses collègues chez le directeur. Qu'elle fonce rejoindre son mari, qu'elle voyait (après tout) sept jours par semaine, serait jugé impoli, peut-être peu professionnel, et risquerait de la faire passer pour moins attachée que d'autres à son travail. Je profiterais de l'occasion pour aller dîner à Harbourton avec un ami (récemment divorcé).

Je passerais également à la bibliothèque faire don des livres qui s'étaient accumulés durant l'été. Plusieurs fois par an, je donnais à la bibliothèque locale des ouvrages que m'envoyaient les éditeurs ; pas systématiquement, mais quelquefois, j'en profitais pour placer un ou deux poches du Valet de pique, ayant remarqué que la bibliothèque n'achetait pas ses romans.

(Un jour, j'avais interrogé la bibliothécaire en chef, une vieille amie, sur cette omission, et elle m'avait répondu en plissant le nez : « Oh, eh bien… nous n'achetons pas ce genre de livre. » Mais je m'étais aperçu que personne ne semblait voir d'inconvénient à ce qu'il en soit fait don, et que le Valet de pique était alors rangé sur l'étagère des policiers en poche, au côté de rivaux aussi vénérables que Michael Connelly, James Ellroy, Mary Higgins Clark, voire Andrew J. Rush.)

Quand Irina avait été embauchée comme professeur d'arts plastiques à l'école des Amis de Hadrian, elle en avait été très heureuse, et je l'avais été pour elle. Depuis le départ des enfants, elle s'était essayée, avec des bonheurs variés, à différents arts – aquarelle de paysages, céramique vernissée, macramé – mais rien ne la revigorait autant que l'enseignement. Irina avait également à entretenir notre maison et notre propriété, ce qu'elle faisait avec plaisir, et en y consacrant des sommes considérables (avec mon approbation, naturellement) ; elle donnait volontiers de son temps aux organisations caritatives de la région et faisait partie de divers comités de collecte de fonds. Rien ne déprime plus le moral d'un mari que le terme *collecte de fonds*, mais j'ai tâché de la soutenir dans ces entreprises. J'ai toujours souhaité que ma chère femme, encline à une grande émotivité et à la « mélancolie », se réalise profitablement.

Mais pour autant, je ne veux pas qu'on exploite sa générosité.

« Si quelqu'un doit t'exploiter, chérie, ce devrait être *moi*. »

Irina riait, avec une petite grimace. Je me penchais vers elle pour poser un baiser sur sa joue chaude et la sentais se raidir imperceptiblement, car Irina n'apprécie pas toujours mon côté blagueur, ainsi qu'elle le qualifie.

Quand nous nous étions rencontrés à l'université Rutgers, nous semblions assurément égaux ; en fait, les notes d'Irina Kacinzk étaient supérieures aux miennes. Dans les ateliers d'écriture où nous étions inscrits tous les deux, c'était Irina et sa prose « poétique » dans le style de Virginia Woolf que les autres apprentis écrivains et notre professeur admiraient le plus, et non Andy Rush, dont les nouvelles inspirées de Hemingway étaient platement écrites, d'un sérieux appliqué, et privilégiaient l'intrigue, avec des scènes d'« action » mélodramatiques et des dialogues hollywoodiens. Le premier récit d'Irina que j'avais lu, évoquant de manière brillante et convaincante une jeune fille aveugle, sourde et muette, m'avait fait une profonde impression. Je m'étais dit, avec la naïveté de mes dix-neuf ans : *Voici la fille que j'épouserai.*

Peu m'importait que, dans notre atelier, Irina fût souvent trop timide pour parler ; ou que, comparée à d'autres jeunes femmes de Rutgers, elle ne fût pas d'une beauté saisissante ni d'une sexualité provocante, mais dotée d'un charme discret, cheveux blond cendré, lunettes à monture d'acier et regard intense. Quelqu'un d'intelligent… indubitablement. Le genre de personne qu'il faut fréquenter pour apprécier et qui, dans le cas d'une femme, est reconnaissante de l'intérêt que lui témoigne une personnalité plus forte que la sienne.

Parmi les nombreuses filles que j'avais connues, aucune n'avait paru aussi impressionnée par ma personne qu'Irina. L'*Andy Rush* que je voyais reflété dans ses yeux semblait, parfois, n'avoir que peu de rapport avec *moi.*

« Irina ? Appelle-moi “Andy”, s'il te plaît.

– Je crois que je préfère t'appeler "Andrew". »

C'était flatteur en un sens. Car tous les gens que je connaissais m'appelaient « Andy » : un prénom confortable comme une vieille basket. Il y avait de la dignité dans « Andrew » et une sorte de profondeur, de complexité. Peut-être tombai-je amoureux d'Irina Kacinzk parce qu'elle voyait davantage en moi que je ne le faisais moi-même, à cette époque.

Naturellement, de temps à autre, Irina m'a appelé « Andy ». Dans ses moments les plus affectueux, quand elle se sent sûre de mon amour, elle m'appelle même « chéri », « mon chéri ».

Mais c'est « Andrew » qui lui est le plus naturel, car cela semble suggérer une légère distance entre nous : « Andrew », le mari, père, protecteur et pourvoyeur.

Peu après notre mariage, Irina renonça à écrire. J'avais été son lecteur le plus enthousiaste et avais continué à l'encourager en lisant ses brouillons de nouvelles et de romans, mais une hésitation, un doute s'étaient insinués en elle quant à ses capacités d'écrivain. Je la réprimandais avec douceur : « Tu es trop soucieuse de précision et de perfection, ma chérie. Inutile de polir chaque phrase, *dis simplement ce que tu veux dire.* »

Néanmoins, Irina osa de moins en moins écrire. J'espère que ce ne fut pas parce que j'insistais pour lire tout ce qu'elle écrivait en formulant des critiques sincères et bienveillantes.

Si nous débutâmes plus ou moins sur un pied d'égalité, trouvant tous les deux un poste d'enseignant dans la région de Highland Park, le salaire d'Irina fut dès le départ inférieur au mien ; ses notes élevées à Rutgers et l'enthousiasme de ses professeurs ne comptèrent pas beaucoup à l'extérieur de l'université. À de nombreuses reprises, au cours de ces premières années difficiles, je dus assurer à Irina qu'il était absolument sans importance – et cela l'était, en effet ! – que ses revenus atteignent rarement plus de soixante-dix pour cent des miens et qu'ils soient presque entièrement absorbés par les frais de garderie de nos jeunes enfants.

Comme dans un conte de fées, nos places s'intervertirent au fil des ans. Irina m'aida à revoir mes premiers récits sérieux, qu'elle tapa même pour moi ; ce fut Irina qui me fournit des idées d'intrigues moins tirées par les cheveux que les miennes, à la fois vivantes et surprenantes ; ce fut Irina qui me fournit des dialogues, quand les miens étaient plats et répétitifs. Elle avait écrit un mémoire sur les thèmes dominants des contes de fées et elle me les suggéra comme concepts pour mes romans policiers, afin de leur donner ce qu'elle qualifiait de *gravitas*. Plus mémorable encore, alors qu'elle était enceinte de huit mois de notre premier enfant, elle retapa avec soin l'une de mes nouvelles, une quarantaine de pages, la corrigea et l'envoya à la vénérable revue *Ellery Queen*, qui accepta aussitôt de la publier.

Après quoi des agents se mirent à écrire à Andrew J. Rush. J'en choisis un, de Manhattan, qui avait pour clients certains des plus grands auteurs de romans policiers à succès du pays, un excellent agent que je n'ai jamais quitté depuis. Si mes nouvelles furent souvent rejetées, le premier roman auquel je m'essayai (avec l'aide de ma chère femme) reçut un accueil encourageant et enthousiaste ; deux ans plus tard, j'avais un contrat pour un second roman, accompagné d'une avance (modérément) généreuse d'un éditeur disposant d'un solide catalogue de romans policiers. Je n'avais pas encore trente ans.

Depuis lors, j'ai toujours eu un projet de roman en cours, un plan d'action. Et je regarde rarement en arrière.

Ayant renoncé à essayer d'écrire, Irina se tourna vers l'« art ». Comme je n'ai rien d'un expert en la matière, je la soutiens toujours dans ses entreprises, même si je vois (je pense voir) que ses aquarelles ne sont que banalement jolies, dépourvues de toute originalité ; de même que ses céramiques et son macramé sont interchangeables avec ceux de ses amies de la région, qui prennent des cours à la Mill Brook Valley Co-op, et dont les maisons se remplissent peu à peu de leurs créations, tels des navires sombrant progressivement sous le poids d'une cargaison toujours accrue.

Naturellement, je n'en dis rien à ma chère femme, qui *se donne tant de peine*.

Quelquefois, je tombais sur des carnets d'Irina dans la maison. Elle avait renoncé à écrire de la fiction en prose, mais s'essayait à la poésie : juste quelques vers épars en général, exquis (de mon point de vue) mais dépourvus de sens.

Et quelquefois aussi, je tombais sur Irina en pleurs.

Tout d'abord, Irina niait *pleurer*.

Simplement : « J'étais assise là à penser. »

Ou alors : « Ce n'est rien, juste un passage à vide. Je suppose que c'est parce que je n'ai rien à faire qui me plaise vraiment. »

Ou, quand je la questionnais : « C'est peut-être quelque chose d'aussi stupide que de me sentir seule. Oublions ça, s'il te plaît. »

Ou, brusquement, un jour, s'essuyant les yeux avec colère : « Tu me prends mes idées, Andrew. Je n'ai plus rien qui soit à moi. »

Je fus stupéfait. J'eus du mal à en croire mes oreilles.

« C'est ridicule, Irina ! Je ne t'ai jamais pris une idée que tu ne m'aies librement donnée, que je te pensais désireuse de me donner. »

C'était vrai ! Irina eut un pâle sourire et ne me contredit pas.

« En fait, ma chérie, c'est moi qui t'ai donné des idées. »

Je faisais allusion à des suggestions que je lui avais faites pour améliorer ses aquarelles. Et des années plus tôt, avant qu'elle eût renoncé à écrire, je voyais (je pensais voir) des variantes assez évidentes de thèmes, de cadres et même de personnages et de dialogues, empruntés à mes romans, même si je n'en n'aurais jamais parlé à ma chère épouse fragile.

Le fait est que les enfants grandissaient, devenaient adolescents, adultes… Ils n'avaient plus autant besoin de leur mère alors qu'il semblait, douloureusement parfois, que leur mère, elle, avait besoin d'eux. J'insistai pour qu'Irina vît un thérapeute… au fil du temps, une série de thérapeutes. Elle se remit à écrire, mais sans me montrer ce qu'elle écrivait. (Je ne posai pas de questions.) Nous partîmes en vacances à Saint-Barth, Paris et Nice, Rome, Florence et Venise. Nous y restâmes jusqu'à deux ou trois semaines. Pendant ces intermèdes, je parvenais à travailler un peu (car j'emportais partout avec moi mon ordinateur et mes notes : je ne suis rien de moins qu'industrieux !) tandis qu'Irina partait se promener, prenait des photos, se liait à d'autres touristes.

À notre retour, Irina parut un temps pleine d'énergie. Mais elle retomba bientôt dans ses humeurs moroses, dans sa « mélancolie ».

Toutefois, enseigner à l'école des Amis était un bain de jouvence pour Irina – malgré les salaires dérisoires payés par cette école privée, qui semblait s'enorgueillir de sa « particularité » : des enseignants quasi amateurs ravis de travailler pour de nobles objectifs. Les collègues d'Irina que j'avais rencontrés semblaient des gens extraordinairement dévoués : des femmes, en majorité. Mais le principal était un homme, titulaire d'un diplôme de Princeton qui en imposait ; et le meilleur ami d'Irina à l'école était un professeur de maths d'origine asiatique au nom imprononçable, quelque chose comme « Huang Lee ».

Je n'avais rencontré Huang Lee qu'une fois, lors d'une collecte de fonds pour la bibliothèque de Harbourton. À mon grand étonnement, Huang Lee ne correspondait pas du tout à l'image que je m'étais faite de lui, celle d'un Asiatique un peu guindé et déférent : c'était un homme à l'esprit vif qui faisait rire ses interlocuteurs (blancs). Irina m'avait dit en passant que Huang Lee était l'un des professeurs les plus appréciés de l'école et que les filles « tombaient toutes amoureuses de lui ».

Cela me fit rire. Au lycée de Highland Park, les filles tombaient toutes amoureuses de leur professeur d'anglais, M. Rush.

Je me demandais si Huang Lee serait à cette réunion scolaire. Si Huang Lee (que je pensais marié, père de jeunes enfants) resterait au dîner-buffet.

De la fenêtre octogonale de mon bureau, je regardai Irina s'en aller dans la Subaru (le moins prestigieux de nos véhicules ; l'autre, que j'utilise généralement, est une Jaguar dernier modèle). Je la regardai tourner à gauche dans Mill Brook Road en direction de Hadrian, distant d'une dizaine de kilomètres. Un instant, je fus curieusement démangé par l'envie de la suivre.

Cela ne me plaît pas.

Le Valet de pique insérait ce genre de phrase dans le flot de mes pensées, des phrases imprévues, inexplicables, à ne pas prendre au sérieux.

Cela ne me plaît pas. Et cela ne devrait pas te plaire non plus.

16
Tumbrel Place I

Peu après le départ d'Irina, je me rendis à Harbourton sur nos routes de campagne étroites et sinueuses. Avec un panache de gentleman je déposai le carton de livres à la bibliothèque. Jody Harkness (la bibliothécaire en chef) n'était pas là, mais ma présence mit en émoi les autres bibliothécaires, qui m'appelaient « M. Rush ».

« Quand sortira votre prochain roman, monsieur Rush ? Bientôt, j'espère.

– Bientôt. Oui. »

À 18 heures il faisait encore jour comme à midi, bien que le ciel fût couvert depuis le matin. Je me rendis compte que j'avais oublié de convenir d'un rendez-vous à l'Harbourton Inn avec mon ami.

À Harbourton, où j'avais grandi, je comptais de nombreux amis et des connaissances plus nombreuses encore. Néanmoins, de façon troublante, je ne les voyais plus, semblait-il, que rarement. (Je ne voulais pas penser que mes anciens camarades de lycée se sentaient mal à l'aise en ma présence depuis que j'étais devenu une sorte de célébrité locale. Et qu'il devait être gênant pour eux et pour leurs épouses de nous inviter à dîner dans leurs modestes maisons, Irina et moi, après nous avoir rendu visite à Mill Brook House.)

Je me retrouvai en train de rouler lentement dans Harbourton. Lentement, je suivis Chapel Street en direction du quartier historique : tribunal, poste, église épiscopalienne et presbytère de brique rouge, Tumbrel Square, impasse pavée de Tumbrel Place. Dans ce vieux quartier résidentiel élégant, il y avait peu de piétons. Durant la journée, on y aurait surtout vu des équipes de jardiniers, des livreurs, des facteurs ; en ce début de soirée, tout paraissait désert. C'était un quartier de maisons vastes et dignes à la beauté fanée, bâties en retrait de la rue : des « maisons de maître » construites dans les années 1800. La plus ancienne devait dater d'avant la guerre d'Indépendance, époque où le général George Washington (ce n'était pas improbable) avait fait étape sous son toit de bardeaux pentu sur le chemin de la bataille de Trenton.

Le 88, Tumbrel Place était une grande maison de style edwardien, dont les briques étaient si vieilles qu'elles semblaient avoir perdu toute couleur. Austère et plutôt laide, elle avait une sorte de dignité revêche. Son toit était d'un vert lumineux, recouvert d'une mince couche de mousse. Les tempêtes avaient mutilé les hauts chênes qui l'entouraient d'une partie de leurs branches. Bien que certain que sa propriétaire à la folle crinière blanche ne pouvait être là, je frissonnai d'excitation en l'imaginant me regarder de l'une des fenêtres du premier étage tandis que je passais nonchalamment devant chez elle pour aller me garer un peu plus loin, près du presbytère épiscopalien.

Tu jouis de l'immunité maintenant. Personne ne la croira.

La malédiction doit être conjurée.

Je m'étais rendu compte que, effectivement, une sorte de « malédiction » pesait sur moi depuis la découverte traumatisante de l'assignation dans ma boîte aux lettres. Depuis que j'avais vu la sorcière à la folle crinière blanche qui voulait me détruire.

Étrangement, pourtant, cette « malédiction » – une sorte de malaise flottant, léthargique, comparable à l'odeur de vieille cave d'un champignon vénéneux humé de trop près, qui me rendait quasiment incapable de me concentrer sur mon travail – semblait s'être abattue sur moi avant même l'arrivée de l'assignation.

Un ennemi dans ma vie paisible. Dont je n'avais pas eu la moindre idée.

J'avais été confiant trop longtemps. Prêt à croire le meilleur d'autrui.

Je garai ma Jaguar, mis de vieilles lunettes à monture d'écaille dont les verres me faisaient des yeux de poisson, enfonçai sur ma tête une casquette de base-ball crasseuse, vert foncé, trouvée par hasard dans le parking de la bibliothèque.

Sur le siège arrière se trouvaient mon sac de voyage vert foncé et un petit carton dans lequel j'avais placé un unique livre relié, assez lourd. J'avais enveloppé ce livre de papier cadeau et l'avais décoré d'un nœud de satin blanc, le tout provenant du placard à emballages cadeaux de ma chère femme. Mon cœur battait d'impatience. Le Valet de pique éclata de rire.

Très malin, Andrew ! Mais on va voir comment tu t'en sors.

Sans me presser, de la démarche dégagée qu'aurait eu un habitant du quartier, je revins vers le 88, Tumbrel Place, portant à la fois le paquet cadeau et mon sac de voyage – vide. (À mon grand soulagement, aucune silhouette fantomatique à cheveux blancs ne semblait guetter aux fenêtres.) De South Main, à quelques rues de là, parvenait une rumeur de circulation, mais ici, dans cette rue historique, régnait un silence de tombe.

Une grille en fer forgé, qui ne céda qu'au prix de quelques efforts. Une allée de dalles usées conduisant à la porte en chêne de l'entrée, et la sonnette.

Pas de réponse. (Personne ?)

Alors, poliment, je me servis du heurtoir, qui avait la forme d'un aigle américain.

Toujours pas de réponse.

Je me demandais si je ne pourrais pas (discrètement, sans être vu) prendre nonchalamment une allée dallée qui, sous un tunnel d'arbustes échevelés, faisait le tour de la maison, ou si ce serait imprudent et téméraire, quand la porte s'ouvrit à l'improviste, me faisant sursauter… Je me retrouvai devant un petit Noir trapu au torse de barrique, au crâne hérissé de tortillons de cheveux gris, portant une gabardine noire ajustée et un pantalon mal assorti, qui m'accueillit avec une grimace féroce.

« Ouais ? Vous voulez ? »

Je me dis aussitôt que cet individu belliqueux devait être le gardien de Haider. Il mesurait à peine un mètre cinquante et devait tendre le cou pour me fusiller du regard.

Je demandai si j'étais bien chez Mme Haider, et il répondit sèchement : « Ouais. Ha'der. Vous voulez ? »

J'expliquai que j'étais un marchand de livres rares à Bangor, dans le Maine, un éditeur d'ouvrages de qualité, et un écrivain ami de Mme Haider. Je lui apportais « une édition exceptionnelle » qu'elle m'avait demandée quelques mois auparavant, et dont je n'avais réussi à faire l'acquisition que tout récemment. Je m'informai de la possibilité de lui remettre le livre en mains propres, étant donné l'extrême rareté de l'édition.

« Non. Mme Ha'der voit personne. »

Mais le gardien me regardait d'un air moins féroce. Avec ma casquette de base-ball crasseuse, mes lunettes épaisses et mes phrases courtoises, il était possible de voir en moi un excentrique littéraire : je faisais un « écrivain ami » de C. W. Haider très convaincant.

J'ajoutai, avec un sourire désarmant :

« Je suis vraiment navré de cette intrusion, mais… je suis attendu, vous savez. Je m'appelle King. Steven.

– "King". » Les yeux soupçonneux clignèrent. « Vous dites que vous êtes… cet écrivain célèbre ?

– Non ! Je suis Steven : S-T-E-V-E-N. Lui, c'est Stephen.

– Mais… vous êtes un genre d'*écrivain* ?

– Oui. Et aussi un éditeur, intéressé par la publication des œuvres de Mme Haider. »

Je n'aurais pu être mieux inspiré ! Le gardien me fit un large sourire.

« Elle va aimer ça, monsieur… monsieur King. Ça va vraiment lui faire plaisir. »

Il était touchant que ce domestique noir fût si soucieux de son employeur ! Il se présenta : Esdra Staples.

« Esdra. Heureux de faire votre connaissance. »

Je lui tendis la main. Surpris – manifestement, Esdra Staples savait *rester à sa place* –, il hésita un instant avant de la prendre et de la serrer. Sa main, remarquablement puissante, et chaude, faisait une fois et demie la mienne, qui n'est pourtant pas petite.

« Mme Ha'der est pas chez elle en ce moment, mais je peux prendre le livre pour elle. J'y ferai bien attention. Elle me fait confiance pour des tas de choses.

– Je crois, mon cher ami, que Mme Haider tenait à ce que ce livre lui soit remis *en mains propres*. Non seulement c'est un objet rare, mais il a pour elle une valeur sentimentale.

– C'est bien dommage, monsieur King, parce qu'elle est pas là, vous comprenez.

– Quand reviendra-t-elle ?

– Elle a pas dit. » Esdra parlait prudemment, le front plissé par une sollicitude peinée.

« Dans ce cas… où est-elle ? »

Mon inquiétude paraissait si sincère qu'Esdra se laissa fléchir.

« Mme Ha'der est tombée malade, et on la soigne. Un endroit où elle va, à New Brunswick. Elle va bientôt rentrer, il paraît.

– Oh ! Mme Haider est *malade* ?

– Ça lui est déjà arrivé quand le vieux M. Ha'der est mort et qu'elle avait du chagrin. Elle s'est "fait enfermer" et au bout de quelques semaines, elle allait bien et elle est rentrée.

– Vraiment ! Cela semble… de bon augure… »

Un sentiment de compassion et de culpabilité me traversa. Ce n'était pas ma faute si C. W. Haider s'était énervée au point d'avoir des convulsions et de s'effondrer, mais je comprenais fort bien que des années de frustration, de fureur et d'échecs puissent conduire un aspirant écrivain à la folie et à la dépression.

J'expliquai à Esdra que Mme Haider et moi avions une relation exclusivement « épistolaire » – « c'est-à-dire une amitié par lettres » – et que nous ne nous étions encore jamais rencontrés ; je lui dis que Mme Haider avait offert de me prêter quelques livres de sa bibliothèque pour m'aider dans mes recherches sur le roman gothique américain. J'espérais d'ailleurs inclure certains des propres écrits de Mme Haider dans mon étude.

« Ouais, elle écrit tout le temps, on dirait. Elle va être contente d'entendre ça. Mais elle ne m'a pas parlé de quelqu'un qui allait venir chercher des livres…

– Si je les vois, je les reconnaîtrai, Esdra. Naturellement. »

Avec une confiance naïve et touchante, Esdra me fit entrer dans la maison. Il y avait des pièces sombres sentant l'humidité, qui semblaient condamnées et inutilisées. Des draps fantomatiques recouvraient les meubles et jusqu'aux lustres. Au fond de la maison se trouvait une pièce au désordre confortable, contenant un admirable bureau ancien en acajou, couvert de livres et de papiers, un vieux canapé et des fauteuils rembourrés en cuir, une large cheminée de pierre. Les murs étaient presque entièrement occupés par des bibliothèques surchargées de livres. Sur le sol, un tapis d'Orient, usé jusqu'à la corde par endroits, et conservant en d'autres la riche intrication de ses couleurs. Je me dis : *C'est sa maison. Je n'ai aucun droit de m'y introduire.*

Sur le canapé, couché sur une courtepointe, un chat au poil noir lustré me contemplait, les yeux étincelants comme des pièces d'or. Sa longue queue battait avec nervosité, mais il ne s'enfuit pas d'un bond, ne manifesta aucune alarme.

Esdra me disait que Mme Haider « écrivait tout le temps » – depuis aussi longtemps qu'il travaillait chez les Haider, c'est-à-dire depuis l'époque où il avait été engagé par son père, M. Haider.

« Mme Haider a une "mission", vous comprenez, un "message" au monde, comme elle dit. Elle a essayé si dur d'avoir un livre publié dans une *vraie* maison – pas celles où l'écrivain paie l'imprimeur. Elle sera très contente de vous voir, monsieur King… »

Je me demandai si Esdra avait jamais lu un texte de sa maîtresse. Et s'il était au courant de ses « missions » procédurières. Savait-il – soupçonnait-il – qu'elle n'était pas *tout à fait saine d'esprit* ; ou bien sa loyauté était-elle inconditionnelle, et évitait-il judicieusement de se pencher de trop près sur ses activités ?

Je me demandai si C. W. Haider n'avait pas de parents, ou du moins de parents avec lesquels elle fût en bons termes. Cette digne demeure edwardienne se détériorait depuis des dizaines d'années et la vie de la maisonnée, si l'on peut dire, s'était peu à peu retirée dans une pièce unique. Sans le « gardien », que deviendrait la maison, ou sa maîtresse ?

En fait, Esdra Staples avait bel et bien l'aspect d'un nain de conte de fées. Il était massif, courtaud, sans toutefois la difformité du torse caractéristique des nains. Il portait un pantalon de travail sale et une sorte de veste noire de majordome, très vieille et fort peu seyante, dont il avait retroussé les manches. D'une remarque qu'il avait faite en me conduisant dans la maison, j'avais déduit qu'il n'habitait pas Tumbrel Place, mais à quelque distance de là ; il venait au moins une fois par jour ramasser le courrier, nourrir le chat, vérifier que tout allait bien.

« Je vais laisser ceci ici, Esdra. Merci ! »

Je posai le paquet cadeau bien en vue sur le bureau. Haider le verrait dès qu'elle entrerait dans la pièce.

Apporter ce présent, ce livre, était une inspiration subite – qui m'était venue dans la nuit (de la veille). J'avais pris *Misery* de Stephen King dans ma bibliothèque et l'avais « dédicacé » :

À C. W. Haider, ma reconnaissance éternelle
Votre ami et sincère admirateur
Steve King
Bangor, Maine

J'avais déguisé mon écriture – naturellement. J'y avais ajouté le petit dessin d'un visage moqueur.

Quelle serait l'indignation de Haider lorsqu'elle le trouverait à son retour !

Peut-être la plaisanterie était-elle cruelle, mais – comme l'avait souligné le Valet de pique – personne n'avait obligé C. W. Haider à déposer plainte contre King, Rush et d'autres.

C'est elle contre toi. Elle t'a jeté une malédiction.

Esdra me dit que je pouvais chercher dans la bibliothèque de Mme Haider si je le souhaitais, mais qu'il ne pouvait pas m'être d'un grand secours. Il avait du travail dans le jardin : nettoyer les débris de branches laissés par une récente tempête. Si dur qu'il travaille, il ne venait pas à bout de tout ce qui se dégradait dans la maison, et dont le spectacle attristerait Mme Haider à son retour…

Je le remerciai, assurant que je pouvais parfaitement chercher les livres moi-même et n'avais pas besoin de son assistance.

Tandis que le fidèle gardien râtelait les débris dans le jardin, je pouvais l'observer par une fenêtre, à travers un lacis de plantes grimpantes échevelées. En revanche, je ne pensais pas que le fidèle gardien pût me voir.

Elle contre toi. Pas de pitié.

« Mon Dieu ! »

Sur une étagère je pris deux volumes anciens, « antiques » même : *Frankenstein ou le Prométhée moderne* de Mary Shelley. Les pages étaient desséchées, les reliures très usées, mais ils étaient datés de 1823 : de vraies pièces de collection. Je n'avais aucune idée de ce que pouvait valoir une édition de ce genre sur le marché actuel, mais sans doute beaucoup plus que toute ma bibliothèque de « premières éditions » de Mill Brook House.

À côté des volumes du *Frankenstein* se trouvait un exemplaire tout aussi ancien du *Dernier Homme*, 1826, signé par Mary Shelley ; à côté encore, des volumes de Bram Stoker : *Dracula* (1897), *La Dame au linceul* (1909), *Le Repaire du ver blanc* (1911). Tous étaient signés par Bram Stoker, une signature dont l'encre avait pâli, mais qui restait néanmoins lisible.

À côté de Stoker, plusieures premières éditions de Sheridan Le Fanu, dont *Les Créatures du miroir* (1872). J'avais entendu parler de ce maître irlandais du gothique et de sa grande influence sur le *Dracula* de Bram Stoker, mais je n'avais jamais lu un mot de ses écrits.

À mon grand dépit, je découvrais que la bibliothèque de Haider contenait des premières éditions plus anciennes, bien plus précieuses que les livres que j'avais fièrement acquis pour la mienne : une première édition signée du *Tour d'écrou* de Henry James (1899), alors que je ne possédais qu'une première édition non signée ; une première édition signée de *The Empty House* (1906) d'Algernon Blackwood, alors que je n'avais qu'une seconde édition non signée ; des premières éditions signées de *Pierre de lune*, *La Dame en blanc*, *Sans nom*, de Wilkie Collins, alors que je n'avais que des éditions postérieures non signées. Et il y avait *Le Démon de la perversité* d'Edgar Allan Poe, un mince volume très usé, daté de 1846 : l'une des œuvres de fiction tardives, peu connues, de ce génie troublé, qui se présentait comme des Mémoires ; à moins que ce ne soient des Mémoires se présentant comme une fiction ? Les acquisitions d'Andrew J. Rush semblaient bien pitoyables, comparées à la collection Haider. (Plus honteux encore, je dois avouer avoir lu moins d'un dixième de ma bibliothèque. J'avais été un lecteur vorace à l'adolescence et pendant mes premières années d'écrivain. Mais ensuite, c'est posséder des livres et en faire étalage qui devint plus important pour moi que la lecture d'un ouvrage quelconque, si magistral fût-il.)

Ailleurs sur les étagères, d'un intérêt moindre à mes yeux, des collections reliées des vieux classiques incontournables : œuvres complètes de Shakespeare, Milton, Thackeray, Dickens, Walter Scott. Volumes de vers de Byron, Wordsworth, Tennyson, Hardy, Matthew Arnold. Il y avait tout de même des curiosités : une dizaine de livres d'un écrivain dont je n'avais jamais entendu parler, Ivy Compton-Burnett ; une dizaine au moins d'Iris Murdoch, qui ne m'était certes pas inconnue, mais que je n'avais jamais lue.

Je me dis naturellement que les Haider étaient une très vieille famille du New Jersey, dont les origines remontaient plus loin que la guerre d'Indépendance ; un de leurs ancêtres avait été aide de camp du général George Washington, un autre, gouverneur du New Jersey au début des années 1900. De même que C. W. Haider avait hérité de cette propriété dans un quartier encore élégant de Harbourton, elle avait hérité de ces livres précieux. Son père ou son grand-père avait peut-être été un collectionneur sérieux. *Elle* n'y avait aucun mérite.

Voyant par une fenêtre que le gardien continuait à passer avec application le râteau dans le jardin, à l'abandon, je glissai plusieurs de ces livres rares dans mon sac de voyage : les deux volumes de *Frankenstein*, *Le Repaire du ver blanc*, *Le Tour d'écrou* ; habilement, je redisposai les livres de façon à ne pas laisser d'absences béantes.

Elle ne mérite pas ces livres ! Elle ne les a pas ouverts depuis des années.

Au vainqueur, les dépouilles.

À ce moment-là, le chat noir au poil soyeux avait sauté à bas de son perchoir sur le canapé pour s'approcher de moi avec un *yyyaou* rauque, légèrement railleur… battant toujours l'air de sa queue et rivant toujours sur moi ses yeux pareils à des pièces d'or.

« Joli minou ! Es-tu… "Satan" ? »

Je ris, car ce nom m'était venu subitement, de nulle part.

« "Satan" ? C'est toi ? Minou-minou ? » Je me baissai pour caresser le chat, car il était très beau et semblait m'inviter à le faire ; mais il poussa un miaulement furibond, hérissa son dos soyeux comme un chat de Halloween et découvrit les dents d'une façon peu engageante.

« Eh bien alors, retourne en enfer… “Satan”. Où est ta place. »

Cette rebuffade de la part du chat de Haider me blessa, car les animaux ont toujours de l’affection pour moi… les chiens, en particulier. Les chats sont notoirement moins prévisibles, bien entendu, en dépit de leur beauté.

En explorant mieux la pièce, je vis qu’elle donnait d’un côté dans une cuisine (plafond haut, équipement démodé), de l’autre dans un salon (meubles recouverts, odeur de cave). Le degré d’encombrement de la pièce suggérait une accumulation maladive, ou plutôt ses débuts : des piles de journaux anciens, de revues, de prospectus et de brochures publicitaires. Une pile unique de vieux livres, s’élevant du sol telle une stalagmite, dont certains semblaient provenir de la bibliothèque publique de Harbourton et ne jamais avoir été rendus. Un jour prochain, l’intérieur de cette digne maison edwardienne deviendrait peut-être quasi impraticable. D’étroits couloirs effrayants permettraient à la folle de circuler…

Près de la cheminée se trouvait sans doute le siège préféré de Haider, un fauteuil victorien, naguère élégant, recouvert d’une sorte de velours arachnéen, affaissé comme une paire de fesses molles ; à côté du fauteuil, une table où s’empilaient des livres (étonnamment) récents, dont deux de Stephen King ; je constatai avec alarme que mon roman de 2004, *Dehors, dedans*, était également là. (Haider avait-elle passé au peigne fin les phrases de ce policier à l’intrigue complexe pour y chercher des « sources », des « influences » ? Je n’osai le feuilleter de peur de voir ses annotations. Mieux valait ne pas savoir.)

Que peut prouver cette sorcière ! Elle est folle, discréditée.

Une injonction a été prise contre elle *pour* ta *protection.*

La cheminée était aussi grande que celle de Mill Brook House dont j’étais si fier, et composée comme elle de pierres sèches et de crépi. Mais l'âtre en était plein de cendres, à la différence du nôtre, nettoyé par les jeunes Guatémaltèques qui venaient faire le ménage tous les lundis. Ses chenets de laiton auraient eu besoin d'être astiqués. Du bois était empilé au petit bonheur dans le foyer, comme si on l'y avait jeté ; la hache qui reposait à côté semblait elle aussi avoir été jetée là. C'était une hache d'une autre époque, à la tête primitive et au manche de bois usé ; elle ne devait pas être très tranchante, et pourtant quelqu'un (Esdra ? Haider elle-même ?) avait bravement essayé de fendre de menues bûches, ce qui avait produit de nombreux éclats. Il y avait aussi une pile de petit bois, couverte de toiles d'araignée, et de vieux journaux décolorés. À leur police de caractères tarabiscotée, je reconnus le *Harbourton Weekly*.

Dans la pellicule grisâtre de cendres qui couvrait le sol, près du foyer, une multitude d'empreintes de pattes. On aurait cru que des sorcières avaient tenu là leur sabbat, tant les empreintes étaient nombreuses ! Mais toutes étaient sûrement celles de Satan.

Le sol de la cuisine était revêtu d'un linoléum, désagréablement poisseux sous les pieds. La cuisinière, aux brûleurs rouillés, était très vieille ; le réfrigérateur, un General Electric qui devait dater des années 1970, émettait des sons sourds et gutturaux d'indigestion. Sur des sets de table tissés, posés sur le sol – des sets qui devaient être assez coûteux –, s'alignaient au moins cinq écuelles, contenant de la nourriture et de l'eau ; Esdra veillait manifestement à ce que le chat noir de sa maîtresse fût bien nourri et désaltéré. Et dans la porte de la cuisine s'ouvrait une petite porte battante en plastique, qui devait être celle du chat. Cet animal gâté pouvait entrer et sortir de la maison à sa guise, semblait-il.

Pourquoi pensai-je brusquement au « Chat noir » d'Edgar Allan Poe – cette créature aimée de son maître, mais étranglée et emmurée par lui sans raison bien définie ; et sortant de ce mur le miaulement glaçant de l'animal (mort), conduisant le maître à la folie…

« Cela ne m'arrivera pas. »

(Pourquoi dis-je cela à voix haute ? Le dis-je réellement à voix haute, d'ailleurs ? Parfois, je ne sais pas avec certitude si j'ai parlé ou seulement pensé quelque chose. Ou si quelqu'un d'autre m'a parlé.)

La cuisine de Haider n'avait probablement pas été refaite depuis des décennies. Il y flottait une odeur de rance, de lait tourné et de fruit pourri ; de crasse, de poussière et de tristesse. Pourtant, elle n'était pas totalement déplaisante, un peu comme l'odeur d'une vieille couverture qui se trouve sur votre lit depuis des années et n'a été que rarement lavée.

Ici aussi, on voyait que Haider avait une chaise préférée. Autour de la table en planches, une seule avait un coussin (crasseux) et faisait face, sur un plan de travail, à une télévision si petite qu'on croyait d'abord à un jouet. Au plafond, une ampoule nue de 90 watts pendait au bout d'une chaîne. J'éprouvai un instant de pitié pour cette vieille fille solitaire : Haider avait dû prendre ses repas, seule à cette table, en essayant de lire ou en regardant la télévision.

Je me disais que c'était elle qui avait dû se brouiller avec sa famille, et non l'inverse. Des parents plus jeunes auraient espéré que la vieille femme les couche un jour sur son testament. Malgré tout, je la plaignais.

Ce n'est pas ta faute si cette femme est l'ennemi.

Ce n'est pas ta faute si elle a tenté de détruire publiquement Andrew J. Rush.

C'était vrai ! Je ne pouvais l'oublier.

Je retournai dans l'autre pièce et pris sur une étagère l'un des vieux volumes fatigués de Le Fanu, que je glissai dans mon sac.

Et aussi un exemplaire de *L'Île du Dr Moreau* de H. G. Wells, que je n'avais pas remarqué jusqu'alors, et qui était sûrement une pièce de collection comme les autres. Et – car il me fut impossible de résister – le mince volume du *Démon de la perversité*. Par la fenêtre, inconscient de ces vols éhontés, le fidèle gardien mettait en tas branches et feuillages.

Aucun de ces livres ne lui manquera jamais. Elle est riche, négligente… elle ne mérite pas de pareils trésors.

Après avoir posé le paquet cadeau sur le bureau de Haider, je m'étais aussitôt éloigné et avais évité cette partie de la pièce. Je redoutais que l'aura de la femme à la folle chevelure blanche ne flottât autour de son bureau – frustration, échec, fureur, folie – et qu'elle ne me contaminât.

Une antique Remington, un lourd modèle de bureau, y trônait, entourée de pages de manuscrit soigneusement tapées à la machine. (Terrifié à l'idée d'être contaminé, je ne voulais pas baisser les yeux et risquer de voir l'un des titres de ces manuscrits.) Sur une étagère, placée au-dessus de la fenêtre et occupant toute la longueur du mur, classés par ordre alphabétique, se trouvaient les journaux intimes de Haider – un spectacle effrayant que tous ces journaux tenus diligemment, tenacement, des années 1960 à l'année présente : 2014. Il m'aurait été facile d'en prendre un, mais je n'avais aucune envie de les parcourir. Dans une petite bibliothèque, à côté de la table, se trouvaient les œuvres de C. W. Haider. Les plus anciennes, qui remontaient aux années 1960, étaient des publications scolaires où figuraient des poèmes et des textes en prose de « Corin Wren Haider ». (Tel était donc le nom de mon fléau ! Corin Wren : il avait dû susciter des sourires apitoyés parmi ses camarades de classe.) Il y avait des livres autopubliés, certains somptueux, portant au dos le nom de *C. W. Haider*. Le premier, sans doute le plus ancien, était intitulé *Haider & Haider : un pot-pourri de vers*. Les auteurs en étaient W. J. Haider et C. W. Haider – le père et la fille ? La publication datait de 1973.

Par curiosité, je me baissai pour regarder les autres titres de la bibliothèque : l'un d'eux, en lettres dorées, était *Entrelacs* !

Cette découverte me donna un coup au cœur.

Comment était-il possible que C. W. Haider eût écrit une novella de soixante-dix pages intitulée *Entrelacs*, publiée à compte d'auteur en 1999 : le titre même de mon roman en cours, qui me donnait tant de mal depuis quelques mois…

Haider avait-elle « fait don » d'exemplaires de ses livres à la bibliothèque de Harbourton ? Se pouvait-il que, en toute innocence, ce titre intrigant eût attiré mon attention, un jour, sur une étagère – et que je n'en aie aucun souvenir ?

Sincèrement, je ne le pensais pas.

Entrelacs m'avait semblé le titre idéal pour mon roman, qui devait être l'un de mes plus réussis, de mes plus ingénieux. Un titre inspiré que je n'avais pas choisi facilement. Et il m'était impossible d'en changer maintenant, car la structure de l'intrigue reflétait le titre, et inversement.

Andrew J. Rush, connu comme le Stephen King du gentleman, propose dans son vingt-neuvième roman une intrigue extraordinairement subtile et originale…

Dans un style fascinant qui se démarque de ses titres précédents, Andrew J. Rush, « le Stephen King du gentleman », nous surprend avec…

C'est ainsi que j'avais imaginé les premières recensions.

Peut-être même ma première vraie recension dans le *New York Times*.

(Sans vergogne, j'étais allé jusqu'à imaginer que Stephen King pourrait faire la critique d'*Entrelacs* sur la première page convoitée de la *New York Times Book Review*. Mais à présent, il me semblait savoir que cela n'arriverait jamais.)

À présent, *Entrelacs* paraissait me railler. Mais après des mois d'efforts, je ne pouvais imaginer changer le titre…

C. W. Haider serait furieuse quand elle verrait que je le lui avais « volé ». En dépit de l'injonction, elle risquait de me poursuivre à nouveau en justice. J'espérais que cela ne pousserait pas cette folle à un acte désespéré.

Pour autant que je sache, Haider n'était jamais venue à Mill Brook House. Elle ne m'avait pas encore « harcelé » comme Elliot Grossman me l'avait prédit.

Si elle entre chez toi pour te menacer, tu as le droit de la tuer.

Si elle a jeté une malédiction sur ta vie, tu as tous les droits de te défendre.

À ce moment-là je m'étais assis sur le siège de bureau de Haider, car mes jambes flageolaient. C'était une chaise de salle à manger, pourvue d'un coussin de chintz sale. Je ne cherchai pas à voir à quel nouveau projet Haider travaillait – je redoutais d'être « influencé » comme j'aurais redouté d'être exposé au virus Ebola –, mais je ne pus m'empêcher de jeter un œil sur sa petite bibliothèque de livres publiés à compte d'auteur : ils devaient être au moins aussi nombreux que les miens, publiés, eux, par un « authentique » éditeur.

Le titre d'une autre novella attira mon attention : *Glowering* (1974).

Par curiosité je parcourus le premier chapitre. Puis le deuxième, et le troisième… Mes cheveux se dressèrent sur ma nuque, car l'histoire décrivait une jeune femme idéaliste, « Corrin Wingate », auteur de romans policiers, qui accepte (naïvement) un poste de gardien dans un hôtel de luxe isolé des Adirondacks, au bord du lac Styxl, censé se situer au nord du lac Saranac, et ce, à la morte-saison alors que l'hôtel est coupé du monde par la neige. Auteur « doué », la jeune femme possède le don du « glowering », c'est-à-dire de « seconde vue ».

(Elle voit dans l'avenir, quoique de façon imprécise, sans avoir le pouvoir de le changer.) La jeune femme part au lac Styxl en compagnie d'une cousine, et chacune des jeunes femmes emmène son chat ; peu après leur arrivée dans le majestueux hôtel Styxl, elles sont tourmentées par des présences hallucinatoires/démoniaques ; très vite, la jeune héroïne ne parvient plus à écrire, puis sa cousine et elle succombent à des fantasmes paranoïaques… En dépit d'un style orné, « poétique » au pire sens du terme, *Glowering* était un récit palpitant de désintégration au sein d'un univers sauvage ; si les chapitres étaient trop longs et absurdement mélodramatiques, chacun formait une scène autonome, rendue avec passion. L'un d'eux, où le chat de l'écrivain, contaminé par un démon, s'en prend d'abord à l'autre chat, puis à sa maîtresse, était particulièrement fascinant – et terrifiant.

Glowering avait été publié plusieurs années avant le *Shining* de Stephen King (que je savais dater de 1977 : le jeune écrivain que j'étais alors avait été très impressionné). Que c'était donc étrange !

Se pouvait-il que le jeune Stephen King se fût approprié le roman inconnu de C. W. Haider ? C'était impossible à croire, et pourtant…

Une autre novella de C. W. Haider était intitulée *La Part de l'ombre*. Cette œuvre de fiction de quatre-vingt-dix pages n'avait apparemment pas été publiée ; le tapuscrit, sur papier marbré, était relié et daté (à l'encre) de février 1983. Un rapide coup d'œil au texte (tarabiscoté, « poétique ») laissait penser qu'il s'agissait d'un récit gothique dont l'héroïne, jeune auteur idéaliste de romans policiers (« Carroll Wheeler »), était dépassée par son pseudonyme ou *alter ego* (masculin) : l'écrivain (homme) publie des romans d'horreur « malsains et lubriques », tandis que l'écrivain (femme) publie des fictions littéraires « bien accueillies» ; l'écrivain (homme) commence à avoir un succès commercial, tandis que l'écrivain (femme) n'obtient qu'un succès critique et quelques vagues prix. Pour exorciser l'écrivain (homme), l'écrivain (femme) brûle ses livres dont elle enfouit les cendres dans un puits boueux ; « libérée des chaînes du mal », elle connaît quelques jours d'une « joie vivifiante », mais est ensuite vaincue par l'écrivain (homme) qui est parvenu (on ne sait trop comment) à assassiner la moitié de la population du village « historique » du New Jersey où se déroule le récit. Une histoire d'horreur absurdement mélodramatique que (je dois avouer) je fus incapable de terminer, bien que l'intrigue me rappelât assurément quelque chose : elle était très similaire, dans ses grandes lignes, à *La Part des ténèbres* de Stephen King, écrit des années après *La Part de l'ombre* de C. W. Haider.

Encore une fois, il était absurde de penser que Stephen King avait eu accès à cette novella (non publiée) de Haider. Même si l'aspirante romancière désespérée lui avait envoyé son manuscrit, King n'y aurait pas jeté un coup d'œil ; s'il l'avait fait, il n'en aurait pas lu plus d'un ou deux paragraphes tant le style en était tarabiscoté et « élevé ».

Je replaçai avec soin *La Part de l'ombre* sur l'étagère. Je ne voulais pas penser – je n'allais pas penser – à mes propres relations de plus en plus difficiles avec le Valet de pique.

Sur une autre étagère, un manuscrit pareillement relié, *Les Sœurs sorcières du comté de Hecate* de C. W. Haider (1979), qui semblait avoir précédé *Les Sorcières d'Eastwick* de John Updike. (Je me souvins que Grossman m'avait dit en riant que Haider avait tenté de poursuivre Updike.) Et il y avait *Les Histoires de fantôme du club Chilliwick* (1974), un long roman à la chronologie compliquée et aux personnages multiples, qui devait devancer de plusieurs années le *Ghost Story* remarquablement complexe de Peter Straub.

Coïncidence ? Forcément.

Impossible.

Quel choc ! Là, sur la plus basse des étagères, un exemplaire ravagé de mon roman de 1991, *Meurtre à minuit.* L'un de ces romans dont mon éditeur avait espéré qu'il propulserait Andrew J. Rush en tête des meilleures ventes ; cela ne s'était pas produit, malheureusement, même si le roman avait tenu le bas de la liste pendant plusieurs semaines et s'était bien vendu en poche. Il était perturbant de découvrir que Haider avait épluché le texte, annotant en rouge pratiquement chaque paragraphe… Ce roman policier foncièrement original, où deux frères siamois se croient mutuellement morts après leur séparation chirurgicale, était entièrement mien, j'en aurais juré ; pourtant, Haider semblait avoir tapé le canevas d'un roman à l'intrigue quasi identique, une trentaine de pages intitulées *Meurtre au crépuscule*, qu'elle avait envoyées en avril 1987, accompagnées d'« un premier chapitre échantillon », à une maison d'édition de New York – laquelle lui avait signifié son refus par une lettre type.

Plus perturbant encore, cette maison d'édition new-yorkaise était la mienne.

Les ressemblances entre *Meurtre à minuit* et *Meurtre au crépuscule* étaient indéniables. Dans le dernier chapitre de l'un et de l'autre, le « bon » jumeau triomphait du « mauvais » – à moins que ce ne fût l'inverse.

Je ne doutais pas que Haider eût imaginé cette histoire en 1987, alors que je ne commencerais à écrire mon propre roman que des années plus tard. Mais je ne le lui avais pas *volé* !

Sans doute Haider avait-elle lu de sa voix railleuse des passages de *Meurtre à minuit* et de *Meurtre au crépuscule* dans la salle du tribunal. Mortifié, je m'étais efforcé de ne pas écouter. À présent, j'étais submergé de honte à l'idée qu'Andrew

J. Rush avait bel et bien été humilié publiquement, en fin de compte.

Dans un tiroir du bureau de Haider, je trouvai une grosse enveloppe Kraft contenant des lettres envoyées par cet éditeur new-yorkais et d'autres ainsi que par des revues (*Saturday Evening Post*, *The New Yorker*, *The Atlantic*), dont les plus anciennes remontaient au début des années 1970. La plupart se réduisaient à quelques formules de refus brèves et succinctes : *Nous sommes au regret de vous informer…* Quelques-unes étaient personnalisées, et une seule, d'une éditrice de St Martin's Press, en 2003, comportait un post-scriptum écrit à la main : *J'ai presque été convaincue ! Envoyez-nous-en davantage, s'il vous plaît.*

Quel espoir avait dû éprouver Haider en recevant cette lettre ! Mais c'était apparemment la seule de ce genre au milieu d'un déluge de refus stéréotypés.

Il y avait un autre tiroir, profond, rempli de chemises Kraft : pages tapées à la machine, ébauches, brouillons ; dessins au trait, photos de famille, coupures de journaux. L'odeur humide de champignon vénéneux, l'odeur d'échec absolu qui montait de ce tiroir me fit défaillir. Je le refermai brutalement.

J'étais hébété, épuisé. Je n'avais rien mangé depuis un lointain déjeuner, ma chère femme m'ayant abandonné pour le dîner, préférant la compagnie de ses « collègues » – et notamment du grand et maigre Huang Lee aux cheveux de jais.

Une forme soyeuse se pressa contre mes jambes avec une affection feinte : le noir Satan poussait contre moi sa tête dure. Son ronronnement sonore semblait une sorte de rire félin grossier.

« Mais… je suis innocent. Je n'ai pas "volé"… pas "plagié"… »

C'était le chat noir que je devais convaincre. Le chat noir, qui me contemplait avec un regard ironique.

Je n'arrivais pas à comprendre ce que j'avais découvert : ces ressemblances déroutantes entre l'œuvre de Haider et celle de ses contemporains plus heureux étaient-elles de pures coïncidences, ou était-il impossible qu'elles le fussent ?

« Pauvre femme ! Être toujours passée à côté… »

Dès son jeune âge, Haider avait voulu être écrivain ; elle avait eu des idées inspirées, des idées brillantes, pour des romans policiers et d'horreur, mais elle avait été (manifestement) incapable de les mettre en forme, comme d'autres l'avaient fait avec un immense succès commercial. *Meurtre au crépuscule* était-il vraiment si inférieur que cela à *Meurtre à minuit* ? Je préférais ne pas lire le premier chapitre pour en décider.

Dans la pièce de l'écrivain, il y avait çà et là des photos de famille. Il semblait évident que, même dans sa jeunesse, C. W. Haider n'avait rien eu d'attirant. Enfant, elle regardait l'appareil photo d'un air sarcastique. Ses traits étaient belliqueux, aquilins ; même lorsqu'elle posait pour un photographe professionnel, elle ne daignait pas sourire. En toque et robe d'un blanc aveuglant (remise de diplôme au lycée ? à l'université ?), jeune fille d'une laideur agressive, elle avait le maintien raide, l'air hautain ; on voyait qu'elle avait une foi farouche, quoique infondée (le temps l'avait prouvé), en elle-même. À la trentaine, elle avait indubitablement ressemblé à Ayn Rand. Être *femme*, mais *non féminine*, ne l'avait naturellement pas aidée à faire carrière. Elle avait espéré s'introduire dans un domaine dominé par les hommes, celui du roman policier américain populaire, ce que peu de femmes ont réussi à faire, et assurément pas une femme écrivain affichant l'*ego* de ses homologues masculins.

Si Haider avait été plus séduisante, ou plus *féminine* d'une manière quelconque, elle aurait peut-être convaincu un éditeur de lire sérieusement ses ouvrages et de l'aider à les réviser en vue de leur publication. Mais cela ne s'était pas fait. Pas étonnant que cette pauvre femme fût devenue folle.

Ne sois pas idiot. Elle te *hait.*

N'oublie pas : tu jouis de l'immunité dans cette maison.

C'était le cas. Comme le Valet de pique l'avait perçu, je jouissais d'une sorte d'immunité dans cette maison de Tumbrel Place. Le juge Carson (une de mes connaissances, en fait, qui aurait pu se récuser mais ne l'avait pas fait) avait statué : la requête de C. W. Haider contre Andrew J. Rush avait été rejetée, et rejetée avec un mépris manifeste. Si jamais elle m'accusait à nouveau de l'avoir « volée », on ne ferait que se moquer d'elle.

La police de Harbourton l'écouterait-elle ? J'en doutais.

J'avais convaincu Elliot Grossman de ne pas poursuivre Haider en justice, mais consenti finalement à ce qu'il requière une injonction contre elle afin de prévenir de nouveaux harcèlements.

Grossman avait plaisanté : « Grâce à cette injonction, cette vieille sorcière ne pourra pas vous harceler. Vous en revanche, vous pourriez le faire, si vous étiez quelqu'un de vindicatif. »

Je n'avais pas ri. J'avais dit à Grossman que ce n'était pas drôle.

« Hé, désolé, Andrew, ce n'était qu'une plaisanterie.

– Elle n'est pas drôle. Cette femme est une malade mentale. Pourquoi souhaiterais-je "harceler" une malade mentale ? »

J'étais si furieux contre Grossman que j'avais eu du mal à ne pas grincer des molaires. Par bonheur, la conversation était téléphonique et il ne pouvait voir mon expression, que je supposais sauvage.

Ces mots me revenaient à présent à l'esprit. *Vous en revanche, vous pourriez la « harceler », si vous étiez quelqu'un de vindicatif.*

Je ne m'en sentais aucune envie. C'était déjà une punition suffisante pour cette femme arrogante que d'avoir totalement échoué dans sa carrière d'écrivain ; d'avoir été internée pour un examen psychiatrique ; d'avoir perdu contre moi au tribunal.

Je ne considérais pas la soustraction de quelques livres rares dans sa bibliothèque comme une forme quelconque de « harcèlement ». Je me disais que Haider ne remarquerait (probablement) jamais leur disparition. Je ne considérais pas non plus l'acquisition de ces livres comme un « vol » – pour la même raison.

Elle a une dette envers toi. Tu ne lui as pas réclamé les frais de justice.

Je décidai d'emporter *Glowering*, son livre publié à compte d'auteur. Elle ne s'en apercevrait certainement pas, étant donné qu'elle en avait cinq ou six autres exemplaires et, dans le genre bizarre, c'était une vraie pièce de collection !

Je ne placerais évidemment pas cette curieuse novella dans ma bibliothèque officielle. Je la rangerais dans ma réserve secrète de la cave avec les Valet de pique.

Avant de quitter la maison, je cherchai le système d'alarme. Je sais où est installé ce genre d'équipement, généralement dans un placard ; je comptais le mettre hors service, mais constatai qu'il l'était déjà. La maison edwardienne du 88, Tumbrel Place n'avait d'autre système de sécurité que les serrures de ses portes et fenêtres.

Dans l'une des pièces condamnées, je déverrouillai une petite fenêtre qu'Esdra ne remarquerait sûrement pas. À titre de précaution, j'en déverrouillai une autre, dans un salon.

Pour le cas où je souhaiterais revenir chez les Haider – bien qu'il ne fût absolument pas dans mes intentions de revenir sur « le lieu du crime ».

Lorsque je fus prêt à partir, je toquai à une fenêtre pour informer Esdra de mon départ. Le gardien, toujours en train de râteler, me sourit et porta les doigts à son front en manière de salut. C'était un geste de camaraderie : le domestique noir et le gentleman blanc en visite, liés par un même désir de protéger la malheureuse C. W. Haider.

*

Au lieu de l'exaltation qu'auraient dû me procurer mes nouvelles pièces de collection, un curieux sentiment de déception et d'abattement m'envahit sur le trajet du retour.

J'avais ôté mes vieilles lunettes. J'avais jeté la casquette de base-ball crasseuse. En m'engageant dans l'allée de Mill Brook House, je vis que la voiture d'Irina n'était toujours pas revenue. J'avais pourtant l'impression d'être parti depuis un temps infini.

17
La bibliothèque secrète

Des jours, des semaines. J'attendis.

Au début, je guettai avec impatience dans les médias locaux l'annonce d'un cambriolage chez les Haider. N'importe quelles nouvelles concernant C. W. Haider.

Était-elle sortie de l'hôpital ? Était-elle rentrée chez elle ? Comment avait-elle réagi au « présent » laissé sur son bureau, à la dédicace insolente de *Steve King* ?

Peut-être s'était-elle sentie si insultée par cette farce qu'elle avait fait une rechute. Une seconde dépression nerveuse.

Je me disais que, si Haider était morte, une nécrologie aurait paru dans le *Harbourton Weekly*. Mais il n'y en avait pas.

Un jour, j'osai passer en voiture devant le 88, Tumbrel Place. Cette austère et laide maison edwardienne aux briques anciennes et aux arbres amputés par les tempêtes exerçait sur moi un attrait puissant. J'espérais apercevoir au moins le fidèle gardien, mais je ne vis personne. Et personne aux grandes fenêtres étroites donnant sur la rue.

N'y entre pas maintenant. Le risque serait trop grand.

Comme si j'avais besoin des conseils de prudence du Valet de pique.

« Esdra ? Bonjour... »

Au centre commercial de Harbourton, dans le parking derrière Macy's, je vis un homme en vêtements de travail, noir, petit, trapu, qui s'avançait d'un bon pas, et sa vue me causa une telle excitation que, bien que voyant (je le vis, assurément) que cet homme était bien plus jeune qu'Esdra Staples, je pilai et me penchai à la portière pour le héler ; mais c'était un inconnu, qui me regarda avec surprise et méfiance.

« Pardon, monsieur ! Je vous prenais pour un vieil ami. »

Zut.

Par précaution, je dus cacher mes nouvelles acquisitions précieuses dans l'ancienne fruiterie, la pièce de rangement où résidait le Valet de pique dans la cave de Mill Brook House. Bien qu'aucun des livres ne portât le nom de Haider – rien d'aussi vulgaire qu'un *ex-libris* dans un livre rare ! –, je ne pouvais – pas encore – courir le risque de placer ces extraordinaires livres signés – *Frankenstein*, *Le Repaire du ver blanc*, *Le Tour d'écrou*, *Les Créatures du miroir*, *L'Île du Dr Moreau* – et l'exceptionnel *Démon de la perversité* dans ma collection de l'étage, où des visiteurs admiratifs pourraient les feuilleter – même si rien ne m'aurait fait plus plaisir.

Mais tu n'as pas pris le Dracula. *Imbécile.*

Cette pensée me taraudait, en effet. Pourquoi n'avais-je pas glissé l'exemplaire signé de *Dracula* dans mon sac, alors que j'en avais la possibilité ? Si Haider ne remarquait pas la disparition des autres livres, elle ne remarquerait pas davantage celle du *Dracula*.

La fruiterie était une pièce aveugle – bien entendu. Je l'avais peinte moi-même : murs beiges, plafond blanc. Avec son mètre quatre-vingts de hauteur, le plafond n'était qu'à cinq centimètres à peine au-dessus de ma tête, mais je trouvais néanmoins l'endroit curieusement réconfortant, parce que clos et secret. Tous les murs étaient occupés par des étagères, mais celles-ci n'étaient que partiellement remplies ; car la carrière du Valet de pique était encore dans sa phase ascendante. Je voulais laisser des étagères vides pour les ouvrages à venir. Les nouveaux livres rares étaient toutefois placés à hauteur d'œil, sur une étagère distincte.

Maintenant que ma bibliothèque secrète (tel était le nom que je donnais à cette pièce) contenait des livres rares, j'y avais installé un déshumidificateur, comme je l'avais fait à l'étage. (J'avais découvert que les *Frankenstein* à eux seuls valaient plus de soixante-quinze mille dollars !) Je me disais que s'il arrivait – quand il arriverait – quelque chose à C. W. Haider, quand tout risque de découverte serait écarté, je les exposerais fièrement à l'étage supérieur.

Lorsque je pénétrais dans la bibliothèque secrète, je pouvais fermer à clef derrière moi et me sentir totalement en sécurité. Même lorsqu'ils habitaient encore avec nous, les enfants avaient montré peu d'intérêt pour la collection de leur père, et tout aussi peu d'intérêt (je suis au regret de le dire) pour la carrière littéraire de leur père.

Un jour, en CM2, notre fils aîné, Chris, avait demandé à Irina en rentrant de l'école (Highland Park, à l'époque) : « Est-ce que papa écrit des "romans policiers de divertissement" ? » Nous avions ri tous les deux de la question et des préjugés qu'elle révélait, mais à vrai dire je n'avais pas trouvé cela drôle. (Passons sur la vengeance tortueuse que j'avais exercée sur ce snob d'instituteur, forcé peu après d'envoyer son curriculum vitae dans des eaux infestées de requins pour se trouver un autre poste. Sale petit poseur !)

Julia avait lu quelques-uns des romans de son papa au lycée. Elle avait affirmé les trouver « passionnants », « pleins de rebondissements », mais elle avait cessé de les lire (je le savais) à son entrée à l'université Brown, et semblait légèrement embarrassée quand quelqu'un lui demandait si son père était le *fameux* Andrew J. Rush. (« Tu devrais être fière de ton père, Julia ! » gourmandait Irina ; et Julia répondait : « Je le suis, maman… je me sens juste un peu gênée quand les gens me posent la question parce que je ne sais pas vraiment ce qu'ils pensent de papa. »)

Quant à nos garçons : Chris ne lisait guère de fiction, de son propre aveu ; et Dale, de son propre aveu, ne lisait rien du tout. Tous les deux étaient « dans l'informatique » : des postes d'importance moyenne dans des sociétés d'importance moyenne du New Jersey. À vingt-cinq ans, nos deux fils jouaient à des jeux vidéo pour « se détendre ».

À ma connaissance, Irina lisait tous les Andrew J. Rush. Ses réactions étaient toujours extrêmement positives. Qu'était devenue la critique fine et pénétrante de notre atelier de fiction d'autrefois ? Ma chère femme avait-elle rabattu de ses exigences critiques pour se mettre au niveau d'Andrew J. Rush ? Ma chère femme faisait-elle preuve de *condescendance* ?

Aucun d'eux ne connaissait l'existence du Valet de pique. Je souriais en pensant à leur stupéfaction s'ils la découvraient.

Oui, mais ils ne sauront pas. C'est notre secret.

Le Valet de pique me semblait un élément nouveau dans ma vie, il me paraissait donc étonnant que la parution de son cinquième roman soit prévue quelques semaines plus tard, au mois d'octobre. Le secret le plus complet entourerait cette publication, bien que l'éditeur eût prévu un minimum de publicité, ou l'eût vaguement promis. Ce nouveau roman, *Fléau*, que j'avais écrit dans une période de concentration prolongée l'hiver précédent, à peine si je m'en rappelais encore l'intrigue ;

alors que chacune des phrases d'Andrew J. Rush me coûtait un effort, me donnant parfois l'impression d'aller extraire veines et artères mutilées de mon corps pour les imprimer sur la page blanche, des passages, des pages entières et même des chapitres du Valet de pique jaillissaient dans un brouillard forcené, me laissant épuisé, mais satisfait. De *Fléau* je me rappelais seulement une fin brutale et horrible, un meurtre-suicide inattendu dans des eaux boueuses, au bas d'un précipice abrupt ; comme de coutume, le protagoniste du Valet de pique affrontait un double railleur qui menaçait sa femme, sa famille et lui-même, et qui devait être éliminé par la violence.

Les épreuves reliées de *Fléau*, envoyées à ma boîte postale de Hadrian, se trouvaient sur une étagère, à côté d'éditions de poche du Valet de pique. Par curiosité, je jetai un œil à la couverture, que j'avais oubliée... je constatai avec un certain saisissement qu'elle reproduisait grossièrement un portrait érotique connu de Gustav Klimt, représentant une femme sexuellement vorace. (Avais-je donné mon autorisation pour cela ? Manifestement !) La femme nue de l'original avait une abondante chevelure d'un roux éclatant, tandis que celle de la couverture avait des cheveux d'un blanc neigeux, sans qu'on pût toutefois se méprendre sur sa sexualité avide. Dans les deux cas, la femme était étendue dans une pose suggestive, les mains derrière la tête, les bras écartés révélant des touffes de poils aux aisselles.

Malsain. Macho.

Des romans qui font penser... mais des pensées qui n'ont rien de convenable.

Je me demandais si Julia avait lu d'autres romans du Valet de pique. Je trouvais irritant que ma fille fût aussi têtue et aussi opiniâtrement *féministe*. Je détestais l'imaginer comme une jeune femme « mûre » menant une vie autonome, indéchiffrable

– détestais l'imaginer ayant des relations sexuelles avec qui que ce fût…

« Bonjour ? Andrew ? » Une voix, derrière moi, me fit sursauter.

C'était Irina. J'avais laissé la porte de la bibliothèque secrète entrebâillée, et Irina se tenait sur le seuil.

« Tiens, qu'est-ce que c'est ? Une sorte de… bibliothèque clandestine ? »

Jusqu'à présent, Irina n'avait pas vu la « réserve » – même si je lui avais dit me servir de l'endroit pour ranger les livres en surnombre. Ses yeux écarquillés trahissaient son étonnement devant les étagères, l'éclairage encastré, l'unique fauteuil de cuir noir et le tapis sur le sol.

Très vite, je la repoussai, sortis et fermai la porte.

« Tu ne m'espionnes pas, chérie, j'espère ?

– "T'espionner"… ? Non, je… je croyais avoir entendu…

– Remontons, si tu veux bien. Je partais. »

Je tâchais de sourire à ma chère femme. Je tâchais de ne pas trahir ma contrariété par la brusquerie de mon ton.

Elle en sait trop. Savoir qu'il y a dans cette maison un endroit qui lui est caché, c'est déjà en savoir trop.

Me contrariait aussi le fait qu'elle était maquillée : rouge à lèvres corail pâle, ombre de poudre – et un collier en argent, et un bracelet en argent –, signe qu'elle était allée ce jour-là à l'école des Amis rejoindre ses collègues. Elle était joliment habillée et avait changé de coiffure. Elle avait aux pieds des chaussures sortant de l'ordinaire, des escarpins à talon découvert que j'étais certain de n'avoir jamais vus. À la maison, dans la seule compagnie de son mari, Irina se donnait rarement la peine de se maquiller, portait jeans, chemises et pulls informes, vieilles baskets.

Nous étions fin septembre. Plusieurs mois s'étaient écoulés depuis le jour de l'assignation.

Depuis que l'*ennemi* avait fait intrusion dans ma vie.

« Pourquoi as-tu l'air aussi… furieux, Andrew ? Si je t'ai dérangé, je m'en excuse… je ne "t'espionnais" pas… je t'assure. Je venais de rentrer et je voulais te dire bonjour – tu n'étais pas dans ton bureau – j'ai cru entendre des voix au sous-sol…

– Des "voix" ? Ne dis pas de bêtises.

– Eh bien, je… j'imagine que je me trompais. Je suis désolée.

– Comment y aurait-il eu *des voix* ? Il n'y a personne ici que moi. »

Nous étions au rez-de-chaussée, à présent. Irina reculait devant moi. D'un ton d'excuse, en bégayant, elle dit avoir cru qu'il y avait peut-être quelqu'un avec moi, un réparateur, un livreur – « Je suis vraiment désolée, je me suis trompée. Pourquoi cela a-t-il une telle importance ? Pourquoi es-tu aussi *en colère* ? »

Je lus la peur dans son regard. *Pourquoi diable ma femme avait-elle peur… de moi ?*

« Je ne suis pas en colère, Irina ! C'est une insulte. »

Mais Irina reculait toujours, et elle se serait enfuie si ma main ne s'était détendue et n'avait agrippé son épaule : Irina poussa un petit cri de surprise et de douleur… et je la relâchai aussitôt.

Un instant, nous nous contemplâmes, effarés et haletants tous les deux. Je n'arrivais pas à croire que ma femme m'eût poussé à me comporter d'une manière totalement contraire à ma nature, ni qu'elle aggraverait la situation en disant, dans un quasi-sanglot : « J'ai horreur que tu boives, Andrew, tu n'es pas toi-même… tu me fais peur.

– Là, c'est une insulte ! Je n'ai rien bu. »

Irina s'enfuit, monta au premier. Du diable si j'allais la suivre.

Elle est jalouse de toi. De ton talent, de ton succès.

Du fait que tu sois un homme, et donc supérieur à elle. Cela lui est insupportable.

Plus tard, je retournai dans la bibliothèque secrète.

Je voulais vérifier la serrure. Vérifier le déshumidificateur. Admirer les nouvelles acquisitions dont j'étais étrangement *fier* – comme si j'avais sauvé ces livres rares de l'enfer même.

La maison était plongée dans l'obscurité. Irina était allée se coucher. J'imaginais ses yeux gonflés par les larmes. Du diable si j'allais faire le premier pas, une fois encore.

Trop souvent, depuis quelque temps, ces scènes inexplicables éclataient entre nous. Comme si Irina cherchait à me provoquer, à voir jusqu'où elle pouvait pousser son mari bonasse avant qu'il n'explose.

Sa conduite avait un rapport avec son premier trimestre à l'école des Amis. On aurait dit que son centre de gravité affectif s'était déplacé, qu'il ne se trouvait plus dans notre maison, mais *là-bas*.

Et que ce centre ne soit plus toi, le mari. Mais lui.

Je n'avais qu'entraperçu cet homme – Huang Lee. Nous roulions sur une route aux abords de Harbourton et Irina avait agité la main par la portière du break pour saluer un cycliste – cheveux de jais, short bleu moulant et T-shirt – que j'avais pris pour un élève de l'école des Amis jusqu'à ce qu'Irina m'apprenne que c'était l'un de ses collègues, professeur de mathématiques.

Quand il avait reconnu Irina, il avait répondu à son salut.

Je l'avais dépassé à vive allure, le manquant de fort loin.

Depuis ce jour-là, mes yeux s'étaient dessillés : au cours des mois précédents, j'avais souvent entendu Irina parler sur son portable dans des endroits inattendus de la maison. Ou dehors, hors de portée de voix. Comme si elle se cachait de moi… de *moi*, le mari.

Et Irina semblait également faire l'impossible pour me provoquer. Comme si elle voulait me pousser à la colère. À lever la main sur elle.

Je ne suis pas le genre d'homme à espionner sa femme, ni quiconque. Je ne suis pas le genre d'homme à lever la main sur sa femme, ni sur quiconque.

Dans la bibliothèque secrète, veillant à fermer et verrouiller la porte derrière moi. Me servant un ou deux doigts de scotch, conservé ici dans cette intention.

Elle ne sait rien de toi.

Aucun d'entre eux.

Je me rappelais la nouvelle d'Edgar Allan Poe, « Le chat noir », où l'épouse comme le chat bien-aimé sont étranglés et maçonnés ensemble dans un mur d'où s'élève un terrible hurlement.

18
Le pénitent

Prends garde ! Tu es en grand danger.

Une nuit et une partie du jour suivant, Irina m'évita. Dans mon bureau au-dessus des anciennes écuries, je fus incapable de travailler. L'estomac et le cœur retournés. La seule idée du Valet de pique me remplissait de consternation.

« Il va falloir que cela cesse. Terminé, le "Valet de pique" ».

J'attendis, plein d'appréhension. Comme quelqu'un qui a ressenti une gêne au cœur s'attend à une gêne plus grande, et à une catastrophe cardiaque.

J'attendis la voix railleuse et menaçante.

Et cependant… il n'y eut rien. Par les fenêtres ouvertes, le murmure du vent dans les grands arbres qui entouraient la maison, un son si beau qu'il me mit les larmes aux yeux.

« Je vais rendre à cette pauvre femme les livres que je lui ai pris. Je ferai des excuses à Irina. Je ne boirai plus jamais. »

De bonne heure ce matin-là, avant que je sois pleinement réveillé, Irina était partie pour l'école des Amis. Pour la première fois de notre vie conjugale, l'un de nous avait quitté la maison sans dire bonjour à l'autre.

C'était une broutille, je le savais. C'était un gouffre.

La veille, dans la cave, j'avais sombré dans un sommeil stuporeux. La bouteille de scotch vide à mes pieds.

Lorsque j'étais remonté, groggy et vacillant, à près de 9 heures du matin, ma femme était partie, la maison était vide et un soleil d'automne d'une blancheur acérée inondait toutes les pièces – stérilement : une prémonition de Mill Brook House vide de ses habitants.

« Irina ? Où es-tu... »

J'avais mal à la tête. Un martèlement mauvais derrière les yeux. Comme si quelqu'un, quelque chose, essayait de me parler.

Tout au long de cette journée, qui fut interminable, je ne pus écrire une phrase cohérente. Dans mon bureau, qui avait fait l'objet de plus d'un article admiratif dans les publications locales (« clair, « spacieux », « sublimes points de vue sur la campagne », « intime, retiré », « un paradis d'écrivain »), j'avais été incapable de me concentrer. L'intrigue d'*Entrelacs* était si artificielle ! Et ce titre, dont j'avais été si fier, comme il me semblait creux, à présent ! Les phrases se bousculaient dans mon cerveau tels des scarabées pris de folie. Les mots devenaient des sons détachés de leur sens. Quand j'essayais de lire à voix haute des passages nécessitant une attention particulière – ce que j'ai toujours fait –, c'était la voix railleuse de la femme à la folle crinière blanche qui résonnait à mes oreilles.

Voleur ! Plagiaire ! Assassin !

« Je ne suis pas un... assassin. »

Au fond de toi, tu en es un. Tu souhaites la mort de ton ennemi.

« Je ne veux la mort de personne. Je... je suis terrifié à l'idée de faire du mal à autrui... »

La seule chose qui te terrifie, c'est le risque que tes crimes soient découverts et punis. Rien d'autre.

« Ce n'est pas vrai ! Au fond de moi, je ne suis pas du tout comme ça. »

Un vacarme abominable de voix. C. W. Haider, le Valet de pique. Dans mon état de confusion, je ne parvenais pas à les distinguer.

Il y avait sur notre propriété, dans un champ voisin de la Mill Brook, une zone marécageuse où flottait une odeur prononcée de pourriture, de fumier. C'était très probablement une fosse, recueillant jadis les excréments animaux de la ferme. Irina et moi avions découvert le « marais » – comme nous le dénommions (par euphémisme) – et envisagé de le faire combler. Mais nous n'avions jamais trouvé le temps de commander la terre. Même avec de hautes bottes, vous ne vous seriez pas risqué dans le « marais », de crainte que la terre molle et boueuse ne vous aspire. Et l'odeur fétide de pourriture, de décomposition organique. Et les nuages de moucherons, de mouches et de papillons tournoyant au-dessus, un grouillement de vie terrifiant.

Il y avait cependant des créatures merveilleuses dans le marais. Des papillons de toutes formes et de toutes couleurs. Des carouges à épaulettes, des aigrettes neigeuses.

Des mocassins à tête cuivrée, se détendant comme des fouets miniatures.

Le Valet de pique était ce marais mouvant et dangereux. Vous pouviez y jeter une terre compacte… elle serait engloutie. Vous pouviez poser des planches à sa surface… elles seraient englouties.

Mieux valait éviter le marais. Ses vapeurs empoisonnées étaient enivrantes, addictives.

*

« Irina ? Je m'en veux terriblement. Je ne sais pas ce qui m'a pris… Je ne m'étais pas rendu compte que j'avais bu autant. Je ne m'étais pas rendu compte que je buvais *tout court.* »

Je pris les mains menues d'Irina dans les miennes. Je caressai ses doigts crispés, qui ne résistaient pas, mais ne s'abandonnaient pas non plus.

C'était vrai : je ne savais pas clairement ce qui m'avait pris, la veille. Pourquoi j'avais été soudain aussi furieux contre ma chère femme que j'aimais beaucoup… que j'adore.

« Me pardonnes-tu, Irina ? Je jure que cela n'arrivera plus. »

Irina avait les yeux baissés. Elle était sombre, méfiante.

« C'est parce que j'ai été stressé ces temps derniers, je ne voulais pas t'en parler… »

Comme je l'avais espéré, Irina leva alors les yeux vers mon visage.

« … Je voulais t'épargner parce que c'est à la fois très insignifiant et très destructeur.

– De quoi s'agit-il ?

– Cela concerne mon travail d'écrivain… ma "carrière". Les vicissitudes d'Andrew J. Rush.

– Mais "Andrew J. Rush", c'est *toi.* Je t'en prie, raconte-moi ce qui s'est passé… »

J'eus un élan d'amour pour cette femme qui était la mienne depuis tant d'années. Cette chère Irina, tombée amoureuse d'« Andy Rush » qui lui était bien inférieur, ne s'en était-elle pas doutée ?

Pendant toutes ces années j'étais parvenu à l'abuser.

Ma carrière, et non la *sienne*. Pourquoi Irina Kacinzk n'avait-elle pas lutté davantage pour s'affirmer, pourquoi s'était-elle subordonnée à moi ?

Irina était partie toute la journée – de 8 heures du matin environ à 18 heures – et n'avait pas répondu sur son portable à mes nombreux appels. Manifestement, je l'avais blessée. Une femme a aussi sa fierté et doit éviter de paraître trop soumise dans un couple. Ma chère Irina m'était cependant si dévouée, ses moyens d'existence étaient si liés à *Andrew J. Rush* qu'elle m'offrit sa compassion sans hésitation.

« Le nom de "Haider" te dit-il quelque chose, chérie ?

– "Hideur"... Quel nom étrange !

– Pas "Hideur"... "Haider". C'est une famille de la région. »

Le front plissé, Irina réfléchit un instant. « Eh bien, oui... "Haider" ... ça me dit quelque chose. Ils ont beaucoup fait pour Harbourton : il y a un parc qui porte leur nom, et aussi une bourse à l'école des Amis. Je crois qu'un de nos élèves en bénéficie cette année dans la classe supérieure. Mais je ne les connais pas. »

Dans un brusque flot de paroles, je lui avouai qu'une femme d'un certain âge appelée Haider, une habitante de Harbourton, un écrivain raté, avait tenté de poursuivre Andrew J. Rush en justice au début de l'été. Mais que sa requête avait été rejetée.

Irina attendait la suite. « Et... ?

– Et... c'est tout. Elle a déposé plainte en alléguant une atteinte à la vie privée, mais c'était si ridicule qu'elle a été déboutée. »

Atteinte à la vie privée était plus plausible que *vol* ou *plagiat*, et moins douloureux.

« "Atteinte à la vie privée"... mais c'est absurde. Comment a-t-elle pu alléguer une chose pareille ?

– C'est une poursuite abusive typique, m'a dit l'avocat de mon éditeur. Le genre de chose qui arrive souvent, généralement à des écrivains très en vue, du genre de Stephen King.

– Mais tu es toi aussi un auteur “très en vue”, Andrew ! Je suis désolée que cela t’ait bouleversé, tu aurais dû m’en parler. Je comprends que cela t’ait perturbé.

– Plus incroyable encore, elle a tenté de me poursuivre pour l’avoir “volée”… “plagiée”.

– Mon Dieu ! Quelle blague ! »

Les beaux yeux bruns d’Irina se remplirent de larmes de commisération et d’indignation. En épouse consciencieuse, elle aurait voulu poser encore de nombreuses questions, mais je lui assurai qu’il n’y avait pas grand-chose d’autre à en dire. « La plainte a été jugée sans fondement, et elle a été rejetée par le juge Carson. »

Irina prit alors mes mains dans les siennes, pour calmer leur tremblement.

« Mais pourquoi es-tu aussi agité, Andrew ? Puisque l’affaire a été rejetée ? »

19
Tumbrel Place II

Personne ne saura ! Tu seras innocent comme un agneau.

Je me rendis de nouveau à Tumbrel Place, Harbourton. Mais cette fois, c'était après minuit.

Plus noir qu'un puits de goudron, le vieux quartier « historique » près du tribunal.

Et maintenant que nous étions dans la première semaine de novembre, bien engagés dans l'automne, les nuits étaient franchement froides. Il était fort raisonnable que quelqu'un s'aventurant dans les rues après minuit porte des gants, un blouson de cuir, un feutre enfoncé bas sur le front.

Tous mes vêtements étaient de couleur sombre. Et mes Nike, noires.

Irina ignorait où j'étais. Ignorait même que j'étais sorti. J'avais attendu que ma chère femme fût couchée et dormît profondément, bien avant minuit. Je m'étais alors glissé discrètement hors de la maison.

Dans le ciel, une pâle lune rouge. Comme un garnement, je souris à la lune et lui fis un clin d'œil espiègle.

Toi seul, mon témoin.
Et tu ne me dénonceras jamais.

Mon cœur battait vite, agréablement !

Des heures par jour, tous les jours, enfermé dans mon bureau, forcé de travailler, ou d'essayer de travailler, sur le roman policier anciennement intitulé *Entrelacs*, et pour un résultat si mince !

Les nuits où j'écrivais en tant que Valet de pique étaient bien plus productives.

Mais Andrew J. Rush était *moi*. Du diable si j'allais renoncer à *moi*.

Voilà pourquoi je me sentais aussi... euphorique ! Dehors dans la nuit, invisible. Déguisé de sombre.

J'avais su presque dès le début ce qui devait être fait. Les réparations dues à la partie lésée.

Je n'étais pas un vulgaire *voleur*. J'admets que j'avais été transporté par les livres rares de la bibliothèque de C. W. Haider, qui semblaient ne pas avoir été ouverts depuis des années ; j'avais cédé à la tentation, ce qui était une erreur.

À présent, j'étais repentant. Mais un peu lâche aussi, car cela faisait des semaines que je comptais restituer les livres empruntés à C. W. Haider.

Depuis ma première visite au 88, Tumbrel Place, en septembre, je guettais de façon obsessionnelle la moindre nouvelle de C. W. Haider dans les médias locaux, je pistais Stephen King sur Internet pour savoir si C. W. Haider n'avait pas réagi avec fureur contre lui, après la petite blague que je lui avais jouée en son nom. Je m'attendais plus ou moins à voir, en gros titres : *Stephen King menacé par un harceleur du New Jersey*. Ou, mieux encore : *Arrestation du harceleur de Stephen King.*

Ou : *Stephen King, le grand romancier apprécié de tous, assassiné par une démente qui le harcelait.*

Ou : *Une démente tuée lors d'une tentative d'assassinat contre Stephen King, le grand romancier apprécié de tous.*

Mais rien de tout cela ne s'était produit. Et chaque semaine qui passait en réduisait la probabilité.

Il fallait supposer que Haider était sortie de l'hôpital psychiatrique de New Brunswick depuis des semaines et qu'elle vivait de nouveau à Tumbrel Place. J'ignorais, bien entendu, si elle s'était remise de son désordre mental : peut-être était-elle toujours gravement malade. Peut-être était-elle dans un état de dépression clinique et n'avait-elle aucun désir de se venger de son ancien ennemi juré, Stephen King, ni de quiconque.

Elle avait peut-être été traitée par électrochocs. On lui avait peut-être administré des doses massives de sédatifs. Peut-être avait-elle entièrement oublié Andrew J. Rush.

Le *Harbourton Weekly* n'avait fait état d'aucun cambriolage au 88, Tumbrel Place. J'avais lu chaque numéro avec autant d'impatience que d'appréhension, certain d'y découvrir un gros titre accusateur – *Des livres rares volés dans une maison de Tumbrel Place ; la police enquête sur un vol de livres rares dans la maison Haider* – mais là encore, il n'y avait rien eu.

Haider n'avait-elle donc pas remarqué les absences béantes sur ses étagères ? Avais-je si habilement effacé mes traces qu'on ne puisse rien remarquer ? Il semblait peu plausible qu'un collectionneur possédant des livres aussi précieux fût négligent à ce point, mais après tout C. W. Haider était une énigme pour moi. Je n'avais aucun droit de voir en elle une sorte de prolongement (raisonnable, rationnel) de moi-même.

Par conséquent, je projetais de retourner chez elle nuitamment et de remettre subrepticement à leur place les livres manquants, transportés dans mon sac. *Frankenstein*, *Le Repaire du ver blanc*, *Le Tour d'écrou*, *Les Créatures du miroir* de Le Fanu ainsi que *L'Île du Dr Moreau* de Wells.

Enfin, et surtout, car je m'y étais particulièrement attaché, le mince volume du *Démon de la perversité*.

J'avais décidé de conserver *Glowering*, cet ouvrage de C. W. Haider qui annonçait si curieusement le *Shining* de King. Haider en possédait en effet assez d'exemplaires pour que celui-là ne lui fît pas défaut.

En fait, un écrivain aussi peu publié que C. W. Haider serait même flatté qu'un écrivain aussi reconnu qu'Andrew J. Rush eût pris la peine et le temps de lire son ouvrage publié à compte d'auteur.

Par bonheur, j'avais dû prévoir au mois de septembre que je reviendrais dans cette maison, et avais déverrouillé deux fenêtres.

Pas toi, Andy. Ne te raconte pas d'histoires.

Vous vous demandez peut-être pourquoi je ne renvoyais pas simplement par la poste les ouvrages empruntés ? Naturellement, j'y avais pensé. Mais les poster à C. W. Haider par l'entremise du service postal des États-Unis, d'UPS ou de FedEx, ou même les déposer, soigneusement emballés, sur le perron revenait à attirer l'attention de la susceptible Haider sur le fait que ces livres lui avaient été pris ; or il était tout à fait possible que, malade, égarée par cent chimères, elle n'eût pas remarqué leur absence. Furieuse, Haider interrogerait alors son gardien Esdra Staples, et le pauvre homme serait accusé d'avoir introduit un voleur dans la maison ; il serait peut-être en mesure de fournir une description détaillée du courtois voleur de livres entre deux âges, que Haider risquait de communiquer à la police de Harbourton.

Naturellement, celle-ci n'accorderait pas la moindre attention à la paranoïa de C. W. Haider. Andrew J. Rush, tout particulièrement, jouissait de l'« immunité » contre ses accusations imaginaires. C'était une timbrée, bien connue des forces de l'ordre et des autorités judiciaires de la région : Grossman avait obtenu une injonction contre elle pour éviter qu'*elle* ne me harcèle.

C'était un acte de clémence, de bonté. Je ne voulais pas y voir un acte téméraire que je pourrais être amené à regretter.

Depuis un certain temps, le Valet de pique gardait le silence. Bien souvent, alors que je m'attendais à ses traits d'esprit railleurs, le silence seul me répondait.

M'avait-il abandonné ? Était-ce une bonne chose ?

Je me limitais à présent à un ou deux verres de vin blanc au dîner. Il n'y avait plus de whisky dans la maison. Irina semblait moins méfiante à mon égard. Nous étions de nouveaux amants – ou presque. Pour notre trentième anniversaire de mariage, nous projetions un voyage longtemps différé en Espagne. J'avais l'intention de lui acheter un beau collier de perles noires. Nos fils, avec qui j'avais été plutôt en froid, pour une raison incompréhensible, se montraient plus amicaux, du moins dans leurs courriels et leurs SMS.

Prends garde ! Un faux pas pourrait être fatal.

Naturellement, je ne me garai pas à proximité de la vieille maison edwardienne qui, de nuit, ressemblait à un mausolée. En fait, le quartier tout entier ressemblait à un cimetière de grands sépulcres ornés.

Quelques lumières luisaient çà et là dans l'obscurité, mais trop faibles pour « éclairer » vraiment. J'avais une torche au pinceau puissant mais étroit, que je veillais à n'utiliser qu'à bon escient.

Rapide et silencieux, je franchis la grille de fer forgé et traversai la pelouse obscure. Je longeai ensuite la maison, esquivant des buissons de persistants. Mon haleine fumait légèrement dans l'air vif et froid. L'étroit faisceau de lumière me guidait infailliblement, tel un laser.

Et la fenêtre déverrouillée était là ! Au prix d'un certain effort je parvins à l'ouvrir, juste assez pour me couler à l'intérieur. Par chance, il y avait contre la maison plusieurs gros pots de fleurs sur lesquels je pus grimper et prendre appui.

À présent… j'étais dans la maison ! La lumière laser était idéale pour me guider entre les meubles drapés de suaires fantomatiques. Bien qu'un peu essoufflé, je gagnai sans encombre l'arrière de la maison et le bureau de Haider. J'y respirai des odeurs familières, presque agréables. Il me semblait que c'était la veille à peine que je me trouvais là, ébloui par ce que je découvrais sur les étagères.

Je me disais que Haider dormait dans une pièce éloignée, au premier étage. J'étais certain qu'elle dormait d'un lourd sommeil narcotique et que, naturellement, elle était seule dans la maison.

J'avais eu l'intention de remettre les livres à leur place et de repartir. Si tout se passait bien, l'intrusion ne nécessiterait qu'une dizaine de minutes.

Mais à présent que j'étais là, dans ce lieu interdit, je ne pus m'empêcher de chercher sur les étagères, avec ma lumière laser, un autre titre que je convoitais : le volume de *Dracula*, que je savais être une première édition signée par Bram Stoker.

Je désirais tant ce livre ! Et cependant…

Prends-le. Vite !

Ne sois pas idiot, tu le mérites.

Le volume de *Dracula* se retrouva dans ma main, et dans le sac de voyage.

Je fus ensuite attiré par une reliure ne payant pas de mine, qu'un œil moins exercé aurait dédaigné : *The Dance of Death* d'Ambrose Bierce. Avec excitation, j'ouvris ce piteux volume pour découvrir que c'était une première édition – 1877 –, dédicacée et signée par l'auteur lui-même.

« Il faut absolument que je l'aie. »

(Ambrose Bierce était l'un des écrivains que j'avais lus avec une fascination et une admiration particulières quand je commençais tout juste à écrire.)

Un second volume rejoignit ainsi dans mon sac ceux que j'avais eu l'intention de rapporter à Haider.

Il se faisait que, sans l'avoir véritablement décidé, je ne replaçais pas les livres sur les étagères de Haider, en fin de compte. Et j'en éprouvais un sentiment de jubilation !

Évidemment. C'est pour ça que tu es ici. Prends ce que tu veux, il n'y a personne pour t'en empêcher.

Alors que je dirigeais le faisceau de la torche un peu partout dans la pièce – horizontalement le long des étagères, puis verticalement ; vers le bureau où trônait l'imposante Remington ; sur toute la largeur de la vaste cheminée de pierre –, je perçus du coin de l'œil, ou crus percevoir, un mouvement au ras du sol ; mais quand je me retournai, la silhouette fantomatique disparut.

Je me dis que ce n'était rien que d'« imaginaire ». Un effet du pinceau de lumière suscitant des ombres.

J'examinai ensuite le bureau de Haider. C'était un vrai meuble d'époque : un bureau de gentleman, jadis élégant, maintenant fatigué et scarifié. Je vis que de nombreuses touches de la machine à écrire étaient usées au point qu'on n'en distinguait plus les lettres ; je vis les marques qu'y avaient imprimées les ongles acérés de la dactylographe, et cela me fit frémir ; je vis des auréoles et des taches sur la surface d'acajou, comme si l'écrivain y avait posé sans précaution verres et tasses. Avant de pouvoir m'en empêcher, j'avais jeté un œil au titre d'un manuscrit posé sur le bureau… Par bonheur, il ne correspondait à aucun des miens, et il n'y avait aucun risque que je me l'approprie : *Fléau de l'Enfer*.

Ce titre me disait pourtant vaguement quelque chose, qui m'échappait pour le moment.

Je me souvins que l'un des tiroirs du bureau contenait des documents personnels de Haider qui avaient éveillé ma curiosité. À la lumière de la torche j'examinai notes, ébauches, pages manuscrites éparses, coupures de journaux, photos de famille… De nouveau, j'eus le sentiment qu'il y avait quelque chose, ou quelqu'un, dans la pièce et quand je me retournai brusquement, torche à la main, deux yeux d'or luirent dans l'obscurité.

Un miaulement rauque s'éleva : *yyyaou.*

« Satan ! La peste t'emporte. »

Par bonheur le cri du chat était plus insinuant, plus intime, que sonore. Alors qu'un chien aurait aboyé férocement pour réveiller sa maîtresse et chasser l'intrus, ce beau chat noir était simplement curieux de ce que moi, son nouvel ami, j'étais en train de faire.

« Aimerais-tu que je t'emmène chez moi ? Hein, Satan ? Tu es superbe. Poe t'aurait adoré. »

(Je n'ai pas pour habitude de parler aux animaux. Je trouve même ridicules les gens qui le font. Mais ici, je ne sais pourquoi, dans mon état d'excitation et de tension, je me retrouvai en train de parler d'une voix à peine audible au chat de Haider, comme si nous étions deux conspirateurs.)

Lorsque je me penchai pour caresser la tête de Satan, cependant, il se rétracta comme un chat ordinaire, le poil hérissé, et émit de nouveau, un peu plus fort, ce miaulement glaçant : *yyyaou.*

« Chut ! Tu sais bien que je ne te ferai pas de mal. »

J'avais sorti des chemises Kraft du tiroir pour les examiner. Je remarquai qu'un certain nombre des photos de Haider, datant des années 1920, représentaient des individus tout à fait saisissants. Il y avait un type Haider : profil aquilin, front proéminent, regard perçant et accusateur, bouche sardonique. Plusieurs photos montraient des personnes d'un sexe indéterminé qui avaient les mêmes cheveux blancs que Haider, hérissés sur le crâne comme par un courant électrique.

Je choisis un certain nombre de ces photos et les mis dans mon sac. J'aurais été incapable de dire pourquoi, mais j'avais le sentiment que ces objets personnels pourraient m'être précieux ; certaines parties d'*Entrelacs* avaient besoin d'être étoffées de personnages plus attachants et plus originaux, et ces photos me les suggéreraient peut-être. Je pris également une liasse de canevas d'intrigues. Haider ne s'apercevrait certainement pas de leur disparition.

Tu dois partir, maintenant. Ne reste pas un instant de plus.

Je m'apprêtais en effet à quitter les lieux. Mon sac était presque entièrement plein. Mais voici que je remarquai, sur le sol jonché de cendres près de la cheminée, à côté de la hache et des chenets de laiton, une boîte en carton à tiroirs coulissants. J'y reconnus celle que Haider avait apportée au tribunal, contenant les preuves qui, selon elle, accablaient Andrew J. Rush. Un frisson de peur, et d'excitation, me parcourut.

Non. Pas le temps. Laisse ça.

Mais je ne pouvais partir ! Pas sans avoir examiné ces dossiers. Et ils étaient trop volumineux pour que je les emporte avec mes autres prises. Je pouvais fourrer la torche dans une poche, mais les autres objets étaient trop gros.

Je m'accroupis gauchement à côté de la boîte. D'un coup sec je parvins à ouvrir l'un des tiroirs.

Dans la lumière trop vive de la torche, les notes de Haider méticuleusement écrites sur des fiches blanches étaient quasi illisibles. S'agissait-il de passages de mes livres, mis en regard avec les siens ? Était-ce là la « preuve » que le juge Carson avait rejetée ?

Peut-être pouvais-je emporter certaines de ces fiches, une poignée au moins. Ou alors… je pouvais prévoir de revenir encore une fois.

Non. Dépêche-toi. Il faut que tu partes… tout de suite.

Mais, pour une raison ou une autre, bien que comprenant que j'étais en danger et devais m'éclipser pendant qu'il était encore temps, je ne bougeai pas. Accroupi, courbé sur moi-même, dans une position on ne peut plus vulnérable, je m'efforçai de lire ces documents fascinants quand quelque chose se pressa contre mes chevilles : la tête dure de Satan. Naïvement je tendis la main pour caresser le bel animal, croyant qu'il était effectivement mon complice et qu'il me voulait du bien ; mais je sentis soudain ses griffes sur le dos de ma main, à travers mon gant – « *nom de Dieu* » – et brusquement, en l'espace d'un instant, le chaos se déchaîna telle l'explosion d'une comète, tout près de ma tête.

« Voleur ! Coquin ! » Reconnaissable entre mille, cette voix rauque derrière moi.

Et soudain, la hache. On ne sait comment il y avait une hache et décrivant une courbe sauvage en direction de ma tête elle s'éleva et s'abattit à l'instant même où je cherchais à me relever et perdais l'équilibre en tentant désespérément de fuir, mes jambes se dérobant sous moi, et cette voix rauque, implorante : « Non ! Non je vous en supplie ! Non » – (était-ce ma propre voix, étranglée, méconnaissable ?) – et la lame de la hache frappa et fendit le bureau manquant ma tête de quelques centimètres ; je m'étais alors écroulé lourdement sur le sol, un sol dur, inhospitalier, sous le tapis d'Orient élimé. Je m'efforçais de me redresser, d'empoigner la hache (brandie, je le voyais maintenant, par la femme à la folle crinière blanche, le visage déformé par une expression de haine maniaque) avec un désespoir farouche, aveugle, mes bras battant l'air, et la voix (la mienne ? celle de mon agresseur ?) suraiguë et à peine humaine – « Non ! *Nooon* » – un aperçu fugitif des doigts courtauds de l'agresseur, de bras livides et noueux sous les manches vaporeuses d'un vêtement de nuit, et un grognement de triomphe et de fureur quand la hache passa dans des mains plus fortes ; et de nouveau la terrible élévation de la hache, l'éclat mat de sa tête brutale, la courbe de la Mort irrésistible une fois l'élan donné, plongeant irréparablement dans un crâne humain aussi facile à fendre qu'un melon seulement protégé d'une écorce épaisse, et révélant la matière grise pulpeuse du cerveau dans un jaillissement torrentiel de sang artériel.

Et toujours cette voix incrédule *Non non non non non.*

III

20
Un enfant de Harbourton âgé de dix ans se noie dans la carrière de Catamount Park. Juillet 1973

Personne ne m'a rien reproché.
Personne ne m'a rien reproché en face.

21
Lynx. Novembre 2014

« Andrew ! On parle encore de cette terrible nouvelle. »

Irina posa devant moi le journal, barré de son gros titre sensationnel : la première une de ce genre que j'avais jamais vue dans le *Harbourton Weekly*.

L'HÉRITIÈRE C. W. HAIDER ASSASSINÉE
DANS SA MAISON DE TUMBREL PLACE
Le vol serait le mobile
Des suspects interrogés

Nous étions à la table du petit déjeuner dans une véranda contiguë à notre cuisine. Une brume migraineuse me voilait presque les caractères et la photographie sombre de *Corin Wren Haider*, prise bien des années auparavant. Une femme de soixante-huit ans, vivant seule dans l'une des imposantes demeures de Tumbrel Square depuis la mort de son père en 2003, assassinée par un assaillant armé d'une hache, qui se serait introduit chez elle peu après minuit dans l'intention de la cambrioler.

Une attaque à la hache ! Debout derrière moi, Irina frissonna.

Il y avait déjà plusieurs jours que la chaîne de télévision locale diffusait des informations sur ce meurtre brutal au moment de la parution de cet article du *Harbourton Weekly*.

J'avais également entendu des flashs de « dernière minute » à la radio.

« La pauvre femme ! Tu m'avais dit qu'elle était déséquilibrée. Elle n'aurait pas dû vivre seule. Comme il est abominable qu'un homme travaillant pour sa famille depuis aussi longtemps soit soupçonné de l'assassinat. »

L'article signalait que la police de Harbourton interrogeait des employés de la famille Haider. Il rapportait des propos des parents de la défunte, expliquant que, par méfiance des banques, Mme Haider conservait souvent « de grosses sommes d'argent » un peu partout dans la maison. Malgré le peu de détails livrés aux médias sur le sujet, je savais par un contact au siège de la police de Harbourton que le gardien, qui travaillait pour les Haider depuis 1985, était le principal suspect.

Une nouvelle consternante. La seule nouvelle vraiment consternante du *Harbourton Weekly*.

Écoute, ce n'est pas ta faute. Andrew J. Rush n'y est pour rien.

Tu n'avais pas le choix, c'était ta vie ou la sienne.

Quelle coïncidence, murmurait Irina, que la victime fût précisément la femme qui avait tenté de m'intenter un procès ! Et comme elle avait dû être malheureuse, seule dans cette grande maison !

« Manifestement, C. W. Haider a écrit autrefois dans le *Harbourton Weekly* et d'autres publications locales. Elle rendait compte des "événements artistiques" et faisait des recensions… Oh ! regarde sa photo… elle date de 1963. Une femme saisissante, même avant qu'elle ait les cheveux blancs. »

Irina était passée à une page intérieure. Des colonnes de caractères dansèrent devant mes yeux. Je fermai les paupières, car je ne voulais pas voir.

Ce n'est pas ta faute : souviens-t'en.

Ne flanche pas ! Ne sois pas lâche.

Tu lui as arraché la hache en légitime défense. Hormis cela… tu n'as rien à te reprocher.

Irina continuait à parler de cet assassinat « terrible, terrifiant ». Le dernier incident violent de ce genre à Harbourton remontait à 1971 : une bagarre entre ivrognes au cours de laquelle une épouse était passée à travers une porte vitrée. Mais c'était bien loin de Tumbrel Place.

« Manifestement, Mme Haider était "en guerre" contre ses voisins. Et elle avait déposé de "nombreuses plaintes" au cours des ans. »

Le crâne taraudé par la douleur, j'avais du mal à écouter ma femme.

Tu as fait ce qu'il fallait. Aucun jury ne te condamnerait.

Aucun jury ne ferait de reproches à Andrew J. Rush.

Depuis ce fameux soir, le Valet de pique s'insinuait constamment dans mes pensées. Car je n'avais pas d'autre conseiller.

Rien à te reprocher. Rien. Rien.

Honte à toi !

Le Valet de pique parlait de façon imprévisible. Tantôt d'une voix qui stimulait, soutenait. Tantôt d'une voix qui moquait.

Honte honte honte honte.

Mais Andy n'y est pour rien.

« Andrew, mon chéri ? – La voix d'Irina était tendue. – Qu'as-tu dit ?

– Ce que j'ai dit ? Je suis certain de n'avoir rien dit. »

Un silence. Irina s'apprêtait à parler mais changea d'avis. Rapidement, nous en finîmes avec la lecture du journal. Plus de meurtre à la hache pour le moment !

« Bien. Je vais nous chercher du café ?

– Oui, chérie. S'il te plaît. »

Irina s'éloigna. Quel soulagement !

Je pensai à la façon dont, cette fameuse nuit, il y avait quelques jours à peine, j'étais parvenu à fuir le lieu de cette scène sanglante.

À présent, dans la solitude et le calme de notre belle véranda de Mill Brook House, il me paraissait stupéfiant d'avoir été capable d'une telle action, dans des circonstances aussi désespérées, et si récemment. D'avoir été capable, moi qui me sentais maintenant si léthargique, d'empoigner la hache, de l'arracher des mains de Haider et de frapper – *Ce n'est pas toi qui as empoigné la hache, pas toi, mais un autre qui t'a insufflé sa force et t'a sauvé.*

Obsédé par ce souvenir, je m'étais efforcé de comprendre : Haider avait été tirée de son sommeil dans une chambre du premier étage et était descendue silencieusement pour affronter l'intrus. Aucune femme normale – aucun citoyen normal de Harbourton – n'aurait eu un comportement aussi téméraire, aussi vindicatif. Elle n'avait pas eu peur un seul instant. Elle n'avait pas appelé le 911. *Elle avait voulu cette attaque à la hache.*

Bien des fois depuis l'incident je m'étais demandé si, dans la pénombre, elle avait reconnu Andrew J. Rush d'après la photo figurant en couverture de ses livres. Si elle avait été étonnée ou pas du tout.

J'étais entré dans la maison sans faire aucun bruit. Je n'en avais pas fait davantage durant le temps que j'y étais resté. C'était le malveillant Satan qui avait dû alerter sa maîtresse.

Pendant que j'examinais la bibliothèque, le noir Satan s'était glissé au premier étage pour réveiller Haider et l'entraîner à sa mort.

Pourquoi ne s'était-elle pas annoncée ? Pourquoi n'avait-elle pas hurlé pour effrayer et chasser l'intrus ? Pour sauver sa vie ?

C'était *elle* qui avait voulu briser un crâne avec cette hache dans un accès de rage vengeresse. Elle n'avait crié que lorsqu'il était trop tard, alors qu'elle était déjà sur moi : « Voleur ! Coquin ! »

C'est la faute de cette folle, pas la tienne.

Innocent comme un agneau, bien qu'éclaboussé de sang.

Je ne savais pas très bien ce qui s'était passé, après que j'avais arraché la hache des mains de Haider. Je ne me souvenais que vaguement de l'avoir frappée : la hache s'élevant, s'abattant sur sa folle crinière blanche… non pour tuer mais pour sauver ma vie.

Le cri étranglé jailli de ma propre gorge : *Non non non non.*

Et aussitôt, tout était devenu humide. Un flot brûlant de sang, éclaboussant mon visage, mes vêtements, mes mains gantées.

Dès que je lâchai la hache, le corps tomba. La tête blanche échevelée sembla s'affaisser sur les épaules, un flot de sang s'échappant du crâne fendu.

Avec frénésie je tentai peut-être de la redresser, de la ranimer – mais ce n'était plus qu'un corps sans vie, lourd comme un sac de béton.

« Non ! Je ne voulais pas faire ça… je vous en supplie, non… »

(Avais-je parlé à voix haute ? Par chance, Irina était dans la cuisine, occupée à programmer notre machine à café sophistiquée.)

Mais la femme – le cadavre qu'elle était devenue – était tombée, recroquevillée sur elle-même, dans des vêtements de nuit où s'élargissait la tache sombre du sang. Elle qui avait été si virulente, si accusatrice, était maintenant silencieuse – réduite au silence.

Le chat noir, fou furieux, les yeux flamboyants, crachait à quelques mètres de moi. Si j'avais eu la hache en main, je m'en serais servi, car j'éprouvais soudain le désir féroce de trancher cet animal railleur par le milieu.

« Sale… *démon* ! »

Et puis, je ne sais comment, j'étais parvenu à m'enfuir – glissant dans le sang, hoquetant, sanglotant, tremblant – oubliant derrière moi l'arme du crime, mais conservant assez de présence d'esprit pour emporter mon sac alourdi de butin ainsi que la torche à l'étroit et puissant pinceau – à m'enfuir, non par la fenêtre ouverte du salon, mais par la porte de la cuisine, qui donnait sur un puits de ténèbres, un tunnel de persistants touffus longeant la maison et menant à l'allée principale.

Ma voiture était garée un peu plus loin, dans Tumbrel Square. Au coin de la propriété appartenant au rectorat épiscopalien.

Tel un automate je parvins à traverser les rues étroites et désertes du village, à gagner une route déserte, m'enfonçant ensuite dans la campagne, obscure comme un grand océan. L'instinct me guida jusqu'à Mill Brook Road et, finalement, Mill Brook House où, dans notre chambre à coucher du premier, à 1 heure 40 ce matin-là, Irina dormait, ignorant tout de ces horreurs ; et si elle s'était réveillée et s'était aperçue que je n'étais pas auprès d'elle, elle aurait supposé que, incapable de dormir, je m'étais glissé hors du lit pour aller travailler dans une autre partie de la maison.

Pauvre Andrew ! Il est tellement obsédé par ses romans, qui ne semblent jamais aller comme il veut, alors que des gens qui le connaissent à peine croient qu'il écrit facilement et sans jeter un regard en arrière.

Au rez-de-chaussée, dans une chambre d'amis, je lavai mon visage sur lequel le sang, en séchant, avait formé des croûtes. J'ôtai mes chaussures imbibées de sang, me déshabillai entièrement et fourrai mes vêtements en boule dans un grand sac-poubelle de plastique noir, que j'irais jeter le lendemain dans une décharge distante d'une quinzaine de kilomètres.

Pour m'apercevoir alors, avec horreur, que le sac de voyage était également trempé de sang et le mettre lui aussi dans le sac-poubelle.

Les photos, les notes, les canevas d'intrigue de Haider… je fourrai tout cela dans le sac-poubelle. Mais je ne pus me résoudre à jeter les livres précieux, pour lesquels j'avais tant sacrifié.

Après ces efforts, je pris une douche. Je lavai mes cheveux, plus clairsemés depuis quelques années, que le sang poissait par endroits. Je frictionnai le dos de ma main gauche, que Satan avait égratigné de ses griffes à travers le gant. Dans un placard, je trouvai des vêtements propres. Tous les sens en alerte et ne comptant pas trouver le sommeil, je m'étendis sur le lit de la chambre d'amis, où flottait une odeur agréable de pot-pourri et de savon de luxe ; épuisé, je parvins pourtant à m'assoupir vers 4 heures du matin pour me réveiller en sursaut, le cœur battant, deux heures plus tard.

Un instant, je ne sus où je me trouvais. Je ne me souvenais de rien : mon cerveau était vide.

Puis un sentiment d'horreur me submergea, en même temps qu'un relent de terre marécageuse, mêlé à l'odeur, douceâtre, de pot-pourri et de savon coloré.

Je me levai aussitôt, m'habillai et sortis dans un air qui sentait le gel ; je me rendis en Jaguar à la décharge du comté, au nord de Hadrian, où sous un ciel qui s'éclaircissait rapidement je m'avançai entre des montagnes d'ordures, chargé de mon sac-poubelle. Je respirais vite, le souffle court. J'éprouvais un curieux sentiment de jubilation. Lorsque j'eus trouvé la cachette idoine, je dénouai le sac et y fourrai divers détritus, y compris des jouets d'enfant cassés: «Voilà qui leur compliquera la tâche!» Je renouai le sac et l'enfouis profondément là où on ne le retrouverait jamais.

À mon retour à Mill Brook House, je m'aperçus avec horreur que j'avais laissé des lumières allumées dans la chambre d'amis et dans la salle de bains contiguë. Une traînée rougeâtre sur le carrelage de la salle de bains, essuyée avec un chiffon humide.

Je ne savais pas très bien si Irina était déjà levée. Probablement, étant donné qu'il était plus de 7 heures. Mais je n'entendais aucun bruit.

Et les livres précieux: après tout ce que j'avais fait pour les acquérir, je décidai de ne pas les cacher craintivement, mais de les exposer hardiment au premier étage en les disséminant dans ma propre collection, plus modeste. Ainsi, *Le Tour d'écrou* de Henry James (première édition signée, 1898) serait rangé prosaïquement à côté des *Histoires de fantôme de Henry James* (1961); le *Dracula* de Bram Stoker (première édition signée, 1897), à côté du volumineux et luxueux *Dracula à Hollywood* (1993). Aucun des articles de journaux sur le cambriolage et l'assassinat à la hache n'avait mentionné un vol de livres rares, ce qui me conduisait à supposer que personne, parmi les parents de Haider, ne connaissait assez bien la collection pour remarquer que des ouvrages manquaient, ou pour s'en soucier.

La famille de Haider s'était focalisée sur un type de vol plus vulgaire: l'argent. Je n'avais pas eu l'ombre d'un intérêt pour l'argent que C. W. Haider dissimulait peut-être chez elle, et j'éprouvais du mépris pour les esprits mesquins, capables d'imaginer que l'on pouvait commettre un meurtre *simplement pour de l'argent*.

Je passai une matinée agréable, seul dans la maison, à ranger mes nouveaux livres, pendant qu'Irina était à l'école des Amis. Sur les couvertures usées des *Créatures du miroir* et de *L'Île du Dr Moreau*, je découvris de légères traces sombres que je frottai avec un chiffon humide : personne ne s'attend que des livres aussi anciens et aussi rares soient en parfait état.

« Personne ne saura. Ce sont des livres que j'aurais pu facilement acquérir. »

Au vainqueur, les dépouilles.

« Regarde, Andrew ! Est-ce un chat ou un lynx ? »

Irina revenait avec un plateau et deux mugs de café. Elle désignait avec excitation un animal à la fourrure noire lustrée qui, de l'autre côté de la fenêtre, à une trentaine de mètres de la maison, traversait nonchalamment notre champ de vision. C'était un gros chat noir ou peut-être un chat sauvage, un lynx – une espèce « menacée » dans cette partie du New Jersey.

« Qu'il est beau ! s'écria Irina. Mais j'espère qu'il n'attaquera pas les oiseaux dans nos mangeoires. »

Tandis que je l'observais, l'animal disparut dans les buissons le long de la maison, sans un regard de côté.

22
Le coupable

Étrange que, incapable d'écrire en tant que Andrew J. Rush et incapable de dormir, je puisse écrire des heures, dans une sorte de délire, en qualité de Valet de pique.

Les pages défilaient. Ma respiration s'accélérait.

Tu as trouvé la jugulaire !

Pas de retour en arrière.

Étrange que mon sentiment de culpabilité concerne surtout Esdra Staples, et non C. W. Haider dont j'avais fendu le crâne avec la lame grossière et émoussée d'une hache.

Ou, plutôt, le crâne de Haider avait été fendu par la hache dont mes mains avaient empoigné le manche. Je ne me rappelais aucune volonté, aucune décision de frapper cette femme, fût-ce pour me défendre.

C'est arrivé, et j'en ai été l'agent. Mais je n'en ai pas été la cause.

De même qu'autrefois je m'étais glissé sur le haut plongeoir de la carrière de Catamount Park pour encourager – pour toucher – légèrement ! – mon frère Evan, du bout de deux doigts.

Ses hurlements pendant sa (courte) chute. Ses hurlements qui m'ont fendu le crâne, mais sans qu'en sorte autre chose que le vide.

Avant la fin de novembre, le gardien Esdra Staples fut arrêté dans l'affaire du meurtre à la hache de Tumbrel Place. Une bonne partie du Harbourton (blanc) était arrivée à la conclusion que le gardien (noir) était le meurtrier.

Quel malheur!... Une voisine de Tumbrel Place (vigilante à l'excès, raciste?) signala à la police avoir vu « une silhouette indistincte, sombre de peau », monter l'allée de la maison Haider la nuit du meurtre et frapper à la porte... Mon déguisement sombre avait persuadé cette vieille idiote que j'étais moi-même *sombre de peau*; et *sombre de peau* ne pouvait désigner, dans ce village essentiellement blanc de Harbourton, que le suspect Esdra Staples.

« Esdra! Je suis *vraiment* désolé. »

Peu après la diffusion de la nouvelle, Grossman m'appela.

J'avais su qu'il finirait par le faire. Mes dents du fond grinçaient d'exaspération et de fureur: il était impossible de se défendre contre l'intrusion de cet avocat impudent de Manhattan.

« Andrew, quelle surprise! J'ai vu l'article par hasard, sur le Net. "Haider"... le nom ne m'aurait rien dit sans cela. »

Je murmurai une vague réponse. Oui. Ou plutôt... non.

J'avais soudain la bouche sèche. Il m'était très difficile de parler.

J'étais entré par effraction chez cette femme pour lui rendre ses livres, non pour les voler. J'avais brisé son crâne, non pour la tuer, mais pour l'empêcher de me tuer.

Croyez-moi, je vous en prie!

(Je n'avais pas imaginé faire des aveux à Grossman... si?)

(Le Valet de pique ne permettrait pas une telle lâcheté!)

Grossman commentait ce meurtre bizarre d'une personne plus bizarre encore.

« La police pense que c'est un employé de la famille qui l'a tuée ? Il en avait assez des ordres de cette vieille sorcière, je parie. »

Grossman semblait m'engager à rire avec lui, mais je gardai le silence. En voyant le nom de l'avocat sur l'écran de mon téléphone, je n'avais répondu qu'à contrecœur. J'étais assis dans mon bureau, penché en avant, les coudes sur les genoux. J'avais le visage crispé, les mâchoires en mouvement. Je devais espérer ne pas être en train de dire à Grossman ce que je ne voulais pas qu'il entende.

Il dit, avec étonnement : « Je n'ai vu mentionné que dans un unique article les nombreuses poursuites engagées par Haider contre des écrivains. Et évidemment, c'était Stephen King qui était nommé : pauvre Steve ! Bientôt, le bruit courra qu'il est venu secrètement à Harbourton, s'est introduit dans la maison et a tué sa harceleuse. »

Grossman rit, d'un rire cruel. Mais qu'y avait-il de drôle ?

« C'est terrible, Elliot. Je suis vraiment navré que cette pauvre femme soit morte ainsi. Je suis soulagé, bien sûr… et soulagé aussi que mon nom ne soit pas encore apparu dans les journaux. Être moins célèbre que Stephen King a ses avantages… Mais voici ce qui me préoccupe : le gardien est un vieil homme noir qui travaillait dans la famille depuis trente ans. Il est certainement innocent. Si un employé de Haider avait voulu la voler, il aurait pu le faire n'importe quand, et pas alors qu'elle était chez elle. Et pas en pleine nuit, ou je ne sais quand. Et pas avec une hache. Car pourquoi assassiner Haider, s'il n'en voulait qu'à son argent ? »

Ma sortie dut impressionner Grossman, ou l'étonner. Pour la première fois depuis que je connaissais l'avocat, il ne trouva rien à répondre. Je me hâtai de poursuivre :

« Je me disais donc, Elliot, que cet homme avait besoin d'un avocat pour le défendre. Il est noir, sa condamnation ne fait pas un pli. Je ne connais pas Esdra Staples, naturellement – je ne connaissais même pas Haider –, mais celui qui l'a tuée était forcément quelqu'un d'extérieur et non l'un de ses employés ; le meurtrier est passé par une fenêtre qu'il a forcée, ce que le gardien n'aurait pas eu à faire. » Je m'interrompis, la respiration difficile. Comme j'étais malin ! Car la fenêtre n'avait pas été forcée, j'étais bien placé pour le savoir : elle avait simplement été ouverte. Et lorsque je m'étais enfui, en proie à la panique, je n'étais pas revenu la fermer : elle était restée ouverte, suffisamment pour permettre le passage d'un homme adulte.

Tous ces détails, dis-je à Grossman, je les avais appris par le *Harbourton Weekly*. On ne parlait que de cela dans le village où la dernière mort violente, un simple homicide involontaire, remontait à 1971.

« Pourriez-vous m'aider, Elliot ? Trouver un bon avocat pour le gardien ? Je paierai ses honoraires. »

Comme je me sentais généreux ! Un bon sentiment bien réconfortant, pour une fois.

La réaction de Grossman fut dubitative. Un avocat pour un inconnu ? Pourquoi voulais-je m'en mêler ?

« Parce que c'est ce qu'il faut faire. Je sais qu'ici, dans le comté de Hecate, la condamnation de cet homme ne fait pas un pli, et je souhaite l'éviter si je peux.

– Mais vous dites ne pas le connaître… ?

– Comment connaîtrais-je le gardien de Haider ? Vous savez bien que Haider et moi ne nous sommes jamais rencontrés. »

C'était vrai. Je lui avais parlé au téléphone, je l'avais implorée, je lui avais arraché une hache des mains pour lui fendre le crâne, mais je ne l'avais pas rencontrée.

Je dis à Grossman que le meurtre avait sûrement été accidentel : quelqu'un s'était introduit dans la maison à la recherche d'argent et, imprudemment, Haider s'était interposée. « Comme la police n'a aucun indice, elle a arrêté ce pauvre Esdra Staples. Il serait la dernière personne à avoir vu Haider en vie, le meurtrier excepté. »

Grossman gardait le silence. Je me mis à transpirer, craignant d'avoir laissé échapper, dans mon ardeur à défendre Esdra Staples, une révélation fatale pour moi-même. Craignant que les soupçons de Grossman ne se portent sur *moi*.

Mais en fin de compte il dit, d'un ton songeur : « Ou alors… c'est l'un des héritiers. Un parent couché sur le testament de la vieille, pressé de la voir mourir. »

Nous parlâmes encore un peu. Grossman accepta de prendre contact avec un avocat du New Jersey, spécialisé en droit pénal, pour qu'il s'occupe de l'affaire si le gardien y consentait.

Quand nous eûmes raccroché, il me sembla avoir été libéré d'un grand poids.

Je me levai, titubant, les jambes molles, mais plein d'espoir.

23
Prédateur

« Satan ! Retourne en enfer. »

Courant derrière la maison, ma carabine calibre .22 toute neuve braquée sur l'animal au poil lustré, qui osa s'immobiliser un instant à dix mètres de moi, au coin de la grange, pour me jeter un regard moqueur, et je trébuchai dans l'herbe durcie de glace, me tordis la cheville et tombai rudement et le bruit de la détonation m'assourdit au point qu'étourdi un instant je me dis : *Suis-je touché ? Suis-je vivant… ou encore mort ?*

24
Fils impénitent

« Andrew, je crains d'avoir de mauvaises nouvelles. Ton père ne va pas bien. »

Irina choisissait ses mots avec soin. Car Irina savait à quel point j'étais devenu susceptible ces derniers mois.

« Ta mère vient d'appeler. Elle dit espérer que nous irons voir ton père en soins palliatifs avant… qu'il ne soit trop tard. »

Soins palliatifs ? Il n'y a qu'une seule issue aux *soins palliatifs*.

Irina lut la stupéfaction sur mon visage. Et aussi la méfiance, la suspicion.

« Mais pourquoi ne pas m'en avoir parlé plus tôt, Irina… Maman et toi ? »

Un étrange réconfort à prononcer le mot *maman*. Pour un homme qui venait d'avoir cinquante-quatre ans.

« Mais je l'ai fait, Andrew. J'ai essayé…

– Quand ?

– Quand ton père a passé ces examens au mois d'avril… tu sais bien, au centre médical Robert Wood Johnson. Et puis l'opération, la chimiothérapie…

– Non. Personne ne m'a rien dit.

– Mais… je suis sûre de t'avoir dit que ton père était entré en soins palliatifs à l'hôpital de Falls Ridge, la semaine dernière… »

Le regard implorant, Irina semblait chercher à persuader Andrew le mari raisonnable de conspirer avec elle contre Andrew le mari déraisonnable : *moi !*

« Je répète : *Personne ne m'a rien dit.* Ou du moins personne ne m'a tenu au courant des progrès ou de l'absence de progrès de papa, ni de la gravité de son état. Et en tout cas pas toi, chérie. »

Pourtant, était-ce vrai ? Il me semblait vaguement savoir que mon père *n'allait pas bien* depuis un certain temps.

Le long de nos routes de campagne on voit souvent, sur le bas-côté, des carcasses d'animaux – ratons-laveurs, cervidés –, tués par des véhicules. Mais, d'instinct, on ne tourne pas le regard dans cette direction.

Ne pas aller bien peut avoir tant de significations. Mieux vaut ne pas approfondir.

Je me rappelais cependant, un souvenir si vif que mon cœur se mit à battre de ressentiment, que la dernière fois que nous avions rendu visite à mes parents (Noël, anniversaire ?), lesquels n'habitaient qu'à une dizaine de kilomètres, il y avait eu un problème et que mon père n'avait pas été là.

Ou que, s'il avait été là, il n'avait pas voulu nous voir.

Plus exactement, il n'avait pas voulu *me* voir.

Un sang brûlant me monta au visage. Pourquoi me forçait-on à me rappeler ce souvenir dérangeant, comme un aliment immonde fourré dans ma bouche ?

Elle veut te perturber. Cette femme.

Elle veut t'émasculer. Comme l'autre : l'ennemie.

Qu'Irina entre dans mon bureau me perturbait toujours, même quand elle frappait d'abord doucement à la porte. Quand elle avait quelque chose de si urgent à me dire qu'elle jugeait impossible d'envoyer un courriel ou d'utiliser l'interphone.

Mais j'en étais venu à détester entendre un téléphone sonner. Il était rare que je consente à répondre, même quand mon éditeur appelait.

Ne m'étais-je pas efforcé d'expliquer à Irina que je préférais qu'elle me contacte par courriel plutôt que de faire irruption dans ma solitude et de me déranger dans mon travail ? Mais les circonstances étaient particulières, j'imagine. *Mon père est mourant, il a refusé de me voir pendant des années, et je suis censé en être affecté ?*

Le fait est que je l'étais. Au point d'en éprouver un sentiment de malaise, de faiblesse.

« Rappelle-toi, Irina, la dernière fois que j'ai essayé de voir papa, il était "sorti se promener" et il n'est pas revenu.

– Oui, mais… ta mère pense qu'il aimerait te voir maintenant…

– Il ne veut pas me voir. Il fait semblant d'être dément.

– Tu as renoncé trop vite quand il s'est mis à se conduire comme il l'a fait. C'est de la "démence" – mais d'après ta mère, il a des intervalles de lucidité. Je lui ai parlé au téléphone…

– *Toi ?* Depuis quand ?

– Je suis sûre que tu le sais, Andrew. Je suis en contact avec tes parents… je te l'ai dit. Ta mère et moi sommes très proches.

– Depuis quand ?

– Eh bien… ces dernières années…

– C'est ma mère qui dit que j'ai "renoncé trop vite" avec papa ? Je suis censé ramper comme un pénitent et lui baiser les pieds, peut-être ? Le supplier de me pardonner quelque chose qui n'est pas arrivé, il y a quarante et un ans et cinq mois ? »

Je parlais d'un ton chagriné, angoissé. Celui du petit garçon de douze ans dont on disait derrière son dos en chuchotant *C'est lui. Le voilà.*

« Ta mère pense que maintenant qu'il est en soins palliatifs, il sera plus réaliste. Nous pourrions y aller ensemble ce soir.

– Ce soir ! Impossible.

– Eh bien, demain, alors…

– Écoute, Irina… pendant trente ans cela n'a pas posé de problème entre nous. Ou du moins… papa faisait comme si cela n'en posait pas. Il reconnaissait que cela avait été un accident – il savait à quel point j'étais dévasté – alors pourquoi a-t-il changé d'avis ? Voilà ce qui me rend furieux.

– C'est un vieil homme, Andrew. C'est au moment où ce changement s'est produit en lui qu'il a commencé… » – Irina s'interrompit, cherchant la façon la plus diplomatique d'évoquer la soudaine répugnance que provoquaient chez mon père la vue de mon visage, le son de ma voix – « … à se sentir moins à l'aise en ta compagnie. D'après ta mère, il a eu une attaque non diagnostiquée, il y a environ six ans… »

Irina parlait avec précaution. Défendant mon père.

Mais en même temps, parce qu'elle m'aimait, me défendant aussi.

Naturellement Irina savait, concernant Evan. Tout ce qu'il y avait à savoir concernant Evan.

Un jour, j'avais dû lui en parler. Me confesser, me confier à elle.

Lorsque nous avions décidé de nous marier. Lorsqu'il avait été évident que, si je ne le faisais pas, quelqu'un d'autre s'en chargerait.

À mi-parcours, les mots avaient semblé me lâcher.

Il était impossible d'en parler. Il avait toujours été impossible d'en parler.

Il a perdu l'équilibre sur le plongeoir, et il est tombé.

C'était un accident, personne n'est responsable.

Nous nous baignions dans la carrière de Catamount Park et puis j'ai escaladé les rochers jusqu'à un endroit où l'eau était plus profonde et où il y avait un plongeoir de fortune, à une hauteur d'environ cinq mètres.

C'était le repaire des garçons les plus âgés. On n'y voyait jamais de filles, ni de gamins de l'âge d'Evan.

Pourquoi est-ce qu'il m'a suivi ! Je lui ai dit de s'en aller.

La plupart des garçons ne plongeaient pas, ils se contentaient de sauter dans l'eau. C'était tout ce que je faisais… me boucher le nez et sauter. Et Evan allait sauter, mais au bout du plongeoir il s'est figé. Les autres garçons lui hurlaient de sauter et j'avais honte de mon petit frère, je me suis avancé sur le plongeoir, mais je n'avais pas l'intention de le pousser, évidemment. C'était juste pour plaisanter. Je ne l'ai pas poussé… évidemment.

Si je l'ai touché, c'était juste du bout des doigts, au bas du dos, pour lui faire comprendre qu'il mettait trop de temps.

Il a dû s'affoler, perdre l'équilibre, et il est tombé de côté, sa tête a heurté le bord du plongeoir, la façon dont il a heurté l'eau a aggravé la fracture… un gosse maigrichon qui nageait comme un poisson, mais maintenant inerte, sans vie… il a coulé dans l'eau profonde comme une pierre… n'a jamais revu la lumière du jour.

Les témoignages ont divergé, mais les conclusions ont été : accident.

Les frères Rush. Douze et dix ans.

Andrew, Evan. Alors que tous les deux étaient chéris, il n'en est plus resté qu'un.

Pour finir, Irina se rendit seule aux soins palliatifs.

Je ne pouvais m'exposer à un nouveau rejet de la part mon père.

Je me sens seul, oui, très seul. Tout au long de ces années j'ai été très seul.

Je pense à ce qu'Evan aurait aimé dans ce monde qu'il n'avait pas encore vu. Et ce n'était pas ma faute, mais malgré tout… c'était ma faute.

Le fait est qu'il a été conclu à un accident.
Personne ne m'a rien reproché.
Personne ne m'a rien reproché en face.

25
Bonnes nouvelles !

Mais les nouvelles étaient bonnes pour le Valet de pique.

Son nouveau roman *Fléau* fut salué par des critiques élogieuses dans plusieurs publications ainsi que sur Internet : les critiques le comparaient maintenant à Stephen King !

Un Stephen King plus féroce, plus viscéral.

Pousse-toi de là, Stephen King ! Le Valet de pique est dans la place.

Les libraires manifestaient aussi leur enthousiasme : leurs commandes étaient plus importantes que pour tout autre titre du Valet de pique jusqu'alors.

(Elles se rapprochaient de façon embarrassante des commandes du dernier Andrew Rush, en fait.)

Était-ce drôle ? Était-ce *ironique* ?

Aurais-je dû en éprouver de la fierté ou de la contrariété ?

Depuis l'attaque à la hache – j'avais fini par voir dans l'incident violent de la maison Haider essentiellement une attaque contre ma personne, m'ayant contraint à me défendre –, ma capacité de concentration s'était sensiblement détériorée. Ma capacité à voir le côté « humoristique » des choses, ou même leur « bon côté » tout court.

Admets-le, Andy Rush : tu es jaloux du Valet de pique.
Et excité, et un peu effrayé.
Non ?

« Ce Valet de pique ! Il est *répugnant.* »

Je surpris par hasard ma fille Julia en train de se plaindre à Irina – manifestement – d'un autre roman du « mystérieux auteur » qu'elle venait de lire, sans que je l'y aie encouragé, inutile de le dire. C'était pour moi une source de consternation, et d'une certaine contrariété, que ma féministe et pointilleuse de fille s'entête à lire ce qu'elle appelait « des merdes sadomasos », vraisemblablement pour pouvoir les démolir, alors qu'elle ne prenait jamais la peine de lire mes romans policiers plus sérieux et plus moraux, où les méchants étaient dûment punis et les « bons » récompensés.

Comme je regrettais de ne pas avoir rangé plus vite ces fichus livres de poche du Valet de pique que Julia avait vus dans mon bureau, des mois auparavant ! Les laisser en évidence avait été pure négligence de ma part.

Allons donc, Andy. Tu voulais que ta fille bien-aimée voie mes livres. Tu aurais aimé qu'Irina les remarque aussi, mais ta femme a d'autres préoccupations ces jours et ces nuits-ci.

La voix était railleuse, confiante. J'avais beau savoir qu'il ne s'agissait pas réellement d'une « voix », je me tenais parfaitement immobile, tête baissée, tendant l'oreille.

Tu le sais, Andy… n'est-ce pas ?

Non. Je ne savais pas.

Bien sûr que si. Irina et son amant asiatique.

Dans l'autre pièce, Julia décrivait à Irina l'« intrigue grotesque » de *Pré-post-mortem*, et Irina semblait écouter. À moins que, l'esprit ailleurs, elle n'écoutât pas les objections véhémentes de notre fille, mais murmurât simplement des réponses polies.

Pré-post-mortem était le deuxième titre du Valet de pique ou peut-être le troisième. Au débotté, je n'aurais su donner la date de sa publication. L'intrigue, comme le titre, m'était venue de nulle part.

« J'ai essayé d'en parler à papa, mais il refuse d'écouter. Qui que soit ce "Valet de pique", il doit connaître papa et sa famille. L'autre roman que j'ai lu de lui était atroce, mais celui-là est pire ! C'est l'histoire d'un adolescent qui tue "accidentellement" son frère cadet en le poussant d'un plongeoir dans une carrière : après, il est "dévoré de chagrin", mais aussi soulagé, parce qu'il était jaloux de son frère. La famille se partage entre ceux qui le croient quand il dit que c'était un accident, et ceux qui ne le croient pas et pensent qu'il a délibérément poussé son frère. Au moment où se déroule le récit, c'est un homme entre deux âges, marié à une femme qu'il prétend aimer beaucoup, mais dont il est si jaloux qu'il cherche un moyen de la tuer "accidentellement"… Cette partie-là semble fictionnelle, mais l'histoire du garçon qui se noie dans la carrière d'un parc du New Jersey est forcément basée sur ce qui est arrivé à papa quand il était enfant et que son frère s'est noyé accidentellement à Catamount Park. Je ne connais pas les détails, maman, mais c'est forcément plus qu'une coïncidence, tu ne crois pas ?

– Ma foi, Julia, je n'ai pas lu ce roman, et ce que tu m'en dis ne m'en donne pas envie. Cet accident de Catamount Park – quand ton père avait douze ans – a été rapporté par les journaux locaux, et quiconque habitait cette région du New Jersey a pu en entendre parler. Qu'entends-tu exactement par "plus qu'une coïncidence" ?

– Je pense qu'il y a quelqu'un que papa connaît, un de ses amis écrivains, qui se sert des événements de sa vie pour écrire, mais en les déformant et en les rendant ignobles. Il dispose de bien plus de détails et d'informations qu'on ne pourrait en avoir simplement par les médias. Et papa paraît ne pas le savoir, ou s'en soucier. J'ai essayé de lui faire lire l'autre roman du Valet de pique, mais il a refusé. Il dit que ce n'est qu'une coïncidence sans importance. Mais je pense…

– Pourquoi ne pas simplement jeter ces livres, Julia ? Même s'ils sont basés sur des événements de la vie de ton père, en quoi cela te concerne-t-il, toi ou n'importe lequel d'entre nous ? Ton père connaît peut-être l'écrivain, et il se peut qu'il soit contrarié et furieux, mais tu sais qu'il ne chercherait jamais à censurer qui que ce soit.

– Bien sûr que non. Mais il devrait faire attention à ce qu'il raconte à cette personne, qui se nourrit de sa vie comme un vampire.

– Oh ! Julia, tu crois vraiment aux "vampires" ? dit Irina, avec un rire réprobateur.

– Je n'y croyais pas. Mais depuis quelque temps, je n'en suis plus aussi sûre.

– Mais que pourrait faire Andrew pour arrêter cette personne ? À supposer qu'il y ait bien un "vampire" dans sa vie ?

– Ce qu'il pourrait *faire* ? Ça, c'est son problème. »

26
« Trop noir pour moi »

Au bureau de poste de Hadrian, New Jersey, j'envoyai un petit carton soigné, contenant cinq livres de poche, à l'adresse personnelle de Stephen King dans le Maine.

Les dédicaces étaient tracées en lettres majuscules, et l'écriture était (me semblait-il) très différente de la mienne.

Avec admiration – à Stephen King –
Votre rival, un jour –
Valet de pique

L'adresse de l'expéditeur était celle de la boîte postale que je louais à Hadrian. Je ne m'attendais cependant pas que cet auteur de best-sellers, si occupé, réponde à un envoi spontané de livres de poche de la part d'un auteur peu connu, King n'ayant pas répondu à un envoi similaire d'Andrew J. Rush.

Imaginez donc mon étonnement et ma contrariété quand, quelques semaines plus tard, une carte postale écrite à la hâte arriva à la boîte postale, adressée au « Valet de pique ».

Qui que vous soyez, « Valet de pique » :
VOUS ÊTES TROP NOIR POUR MOI &
nous NE SOMMES PAS rivaux
S. K.

27

Mari jaloux

Admets-le, Andy. Tu es fichtrement jaloux.
Jaloux du Valet de pique, et de la femme.
Et de cet Asiatique, Machin-Chose… HUANG LEE.

Pas en présence de ma femme. Pas une ombre de jalousie!

Un cœur meurtri ne se voit pas, à la différence d'un visage meurtri.

«Je t'aime, Irina. Je ne sais pas ce que je ferais sans toi…

– Ne dis pas de bêtises, Andrew! Pourquoi serais-tu "sans moi"?»

Et Irina m'embrassait, et nous titubions dans une brusque étreinte.

Dans mon haleine, Irina sentait peut-être une odeur de whisky. Dans les douces ondulations de sa chevelure, je sentais peut-être une odeur de parfum.

À ce moment-là, Irina s'absentait souvent le soir. Je ne savais pas toujours où elle était, quoiqu'elle prît soin (j'imagine) de me le dire. Elle me laissait des plats dans le réfrigérateur qu'il me suffisait (disait-elle) de faire réchauffer au micro-ondes.

Si ça se trouve, cette femme t'empoisonne.

L'arsenic empoisonne lentement. Les symptômes sont très divers.

Par dépit autant que par précaution, je jetais les plats dans le vide-ordures. Un coup de téléphone et je pouvais me faire livrer un repas décent à domicile ou, mieux encore, au diable la nourriture ! Le whisky a le don d'assouvir l'appétit d'un homme.

Mais quand je reprochais à Irina la fréquence de ses réunions du soir à l'école des Amis, elle me disait généralement de son ton gentiment réprobateur qu'elle n'était pas allée à l'école mais, ainsi qu'elle me l'avait expliqué, rendre visite à ma mère, qui se sentait « seule et abandonnée » depuis la mort de mon père.

Ou bien, s'il me semblait avoir retenu qu'Irina rendait visite à ma mère et si je lui téléphonais sur son portable, je n'obtenais pas de réponse parce que Irina n'était pas chez ma mère mais à une réunion de l'école où les portables devaient être éteints.

Ou alors dans sa famille, à Montclair, où elle passait la nuit.

Ou alors dans un restaurant de Newark, où elle dînait avec Chris, ou avec Dale.

(La raison pour laquelle papa n'était pas invité à ces dîners avec nos fils n'était pas claire. Mais papa avait trop de fierté pour s'en enquérir, merci.)

« Je t'ai dit où j'allais, Andrew. Faut-il que j'écrive ça quelque part et que je te laisse des numéros ? »

Oui. Non.

Pourquoi devrais-tu te préoccuper de ce que fait cette femme ?

N'est-ce pas là ta faiblesse fatale ?

28
« Va-t'en rôtir en enfer »

Un soir de bonne heure, alors que je rentrais chez moi par Mill Brook Road sous une légère pluie, je vis à une dizaine de mètres devant ma voiture un animal à fourrure sombre de la taille d'un renard ou d'un lynx qui traversait la route sans hâte. Quand il me vit, ses yeux fauves étincelèrent de ruse ou de défi dans la lumière de mes phares.

« Va-t'en rôtir en enfer ! » La voix, furieuse, exaspérée, ne ressemblait à aucune de celles que je me connaissais.

Mon premier mouvement fut de freiner et de braquer pour éviter l'animal – et de courir le risque d'un accident mortel – mais mon second mouvement, bien plus avisé, fut de continuer ma route sans tourner le volant d'une fraction de centimètre, et (peut-être) même d'appuyer sur l'accélérateur.

Les roues avant heurtèrent… quelque chose. Je sentis l'impact, qui se propagea le long de ma colonne vertébrale comme un courant électrique.

Pourtant, bien que j'eusse tout au plus (j'en suis certain) augmenté ma vitesse d'une dizaine de kilomètres à l'heure, la Jaguar dérapa sur le bitume mouillé et, le temps de quelques secondes confuses, se retrouva dans un fossé, couchée sur le côté.

Par bonheur, elle n'avait pas heurté de poteau de clôture. Le choc aurait pu projeter le chauffeur imprudent contre le pare-brise et l'assommer.

Quand je repris mes esprits, je réussis à m'extraire du véhicule. Les jambes tremblantes, titubant, j'examinai alors le bord de la route.

Il y avait bien quelque chose d'écrasé et d'aplati sur le bas-côté, un petit cadavre à la fourrure sombre.

Mais il n'était pas animé d'un dernier frisson de vie, et il ne saignait pas. Ses yeux étaient ouverts, mais il n'y brillait aucune lueur fauve de défi.

Quel que fût l'animal, il gisait là depuis des jours, aplati, en décomposition, impossible à reconnaître.

Idiot! Tu ne cherches pas au bon endroit.

29
« Accident »

Et maintenant, il est temps… qu'Andy Rush commette un nouveau crime parfait.

Depuis des mois l'idée prenait forme au fond de mon esprit telle une petite tumeur compacte. Chaque fois que j'osais y aller voir, elle était un peu plus grosse, un peu plus compacte.

Ce serait un accident… naturellement. Une route de campagne, un vélo – et le conducteur « perd le contrôle » de son véhicule – percute le cycliste.

En l'absence de témoin, qui peut dire que le cycliste n'a pas agi imprudemment ? Un écart, un brusque changement de direction : c'en est fait de *lui*.

Je ne posais plus de questions sur Huang Lee quand je parlais de l'école des Amis à ma chère femme. Car je savais que cette personne était son amant et que je ne devais pas montrer le moindre soupçon ni même le moindre intérêt à son égard.

Mais aux petites heures du matin, lorsque j'étais courbé sur la table de travail du Valet de pique, mon stylo écrivait en lettres capitales

HUANG LEE
R.I.P.

sous la forme d'une épitaphe funèbre moqueuse.

Tout le monde savait que ce professeur de mathématiques apprécié se rendait à l'école presque tous les jours à vélo, parfois même sous une pluie légère, portant dans ce cas un poncho jaune vif. Il n'y avait qu'en hiver, et quand les routes étaient quasi impraticables, que cet Asiatique filiforme aux cheveux de jais prenait sa voiture – qui était naturellement une Honda Civic, économe en carburant.

Je calculai avec soin l'heure à laquelle Huang Lee était susceptible d'effectuer le trajet aller ou retour entre son domicile et l'école des Amis, et ses itinéraires possibles sur ce parcours de six kilomètres deux cents.

À plusieurs reprises, j'empruntai en voiture les routes les plus probables, m'approchant de la maison des Lee, au 299, East Elm Ridge Road, un quartier suburbain destiné aux « classes moyennes » où l'homme adultère habitait (prétendument) avec une femme et deux jeunes enfants ; à plusieurs reprises, je ne pus que dépasser la maison, entrer dans Harbourton, rebrousser chemin et refaire la route en sens inverse, résolu à garder mon calme.

Sois patient. Sois prudent. Tu as le temps pour toi, Andy Rush !

Pendant ces trajets, j'avais le Valet de pique pour compagnon.

Comme je me serais senti seul sans le Valet de pique !

Et, bien calée entre mes genoux, invisible à quiconque aurait regardé dans ma direction, une petite flasque en argent contenant un liquide velouté, vivement recommandé par le Valet de pique pour son effet calmant sur les nerfs éprouvés.

C'était une journée fraîche et maussade. Les cyclistes étaient rares par une telle journée, au début du printemps, et je me disais donc que je n'aurais pas de mal à repérer Huang Lee, si je le voyais.

Une sale période pour Andy Rush. Je grinçais des dents.

Même ma chère femme adultère était gênée par la « brouille » intervenue entre nos fils Chris et Dale et leur père. Je ne savais trop comment c'était arrivé. Ni même quand.

Le manque de respect de ces sales enfants gâtés pour leur père qui avait tant fait pour eux…

J'avais su qu'il y avait du louche en les voyant arriver tous les deux pour le dîner du dimanche… comme par accident. Et aux sourires contraints d'Irina.

Le Valet de pique m'avait vite averti. Son regard d'aigle remarqua les coups d'œil échangés par les deux garçons entre eux et avec leur mère.

Mon Dieu ! Voilà ce que j'appelle une conversation PÉNIBLE.

Méfie-toi, l'ami. Surveille tes arrières.

Le manque de respect commence peut-être quand le fils devient plus grand que son père. Y a-t-il un jour précis, une *heure* précise, où le rapport de taille s'inverse ?

Sur les photos, on voit ses enfants grandir. Dans la vie, ce n'est pas le cas.

À présent que mes fils avaient autour de vingt-cinq ans, ils étaient tous les deux plus grands que leur père. Et ils ne lui ressemblaient pas beaucoup.

Pas sur ce terrain, Andy. Pas maintenant.

Chris se léchait nerveusement les lèvres, et Dale se curait le nez (quand il croyait que personne ne regardait). Et leur mère, une expression coupable sur le visage, passait la moitié de son temps à se cacher dans la cuisine.

Et finalement, à la fin de ce dîner PÉNIBLE, alors qu'Irina se trouvait dans la cuisine (naturellement !) sous le prétexte d'y faire la vaisselle, Chris m'adressa un sourire grimaçant et dit, dans un coassement : « Papa, je pense que nous devrions parler… »

Et Dale lui fit écho, avec nervosité : « Oui, papa. Je c-crois que ce serait bien… »

Et papa, très calme, leur sourit et dit : « Alors ? Allez-y. »

Leur visage empourpré, leur regard anxieux, il y avait de quoi rire !

Comme ils se prenaient au sérieux ! Dire qu'ils auraient eu tous les deux des milliers de dollars de dettes si leurs parents indulgents n'avaient payé leurs études universitaires hors de prix, stages de formation postuniversitaires compris, sans un murmure de plainte.

Et voilà maintenant que leur mère adultère les avait sournoisement fait venir derrière mon dos.

S'il y a quelque chose qu'un homme déteste, ce sont les subterfuges au sein de la famille.

« Si c'est d'un autre prêt que tu as besoin, Chris, dis-le-moi. Je ne t'ai jamais rien refusé jusqu'à présent, n'est-ce pas ? »

Chris était l'aîné de deux ans. Légèrement plus endetté que Dale. Ce gosse gâté qui ressemblait à un jeune Brad Pitt me regarda comme si je l'avais giflé et, l'espace d'un instant, sa bouche remua sans qu'il en sorte un son.

« Je… je ne suis pas venu pour un prêt, papa… Je – nous – sommes venus te parler de certaines choses que maman nous a dites. »

Chris jeta un coup d'œil à son frère, qui regardait fixement quelque chose sur la table devant lui et se frottait le nez.

D'un ton gentiment réprobateur, amusé, je dis : « Vraiment ! Et qu'est-ce que "maman" vous a dit ?

– Que… que… tu bois de plus en plus, papa. Que…

– … tu es tout le temps en colère contre elle, et que tu l'as menacée… »

Mais ces provocations ne réussirent pas à faire sortir papa de ses gonds.

« "Menacée"… ah oui, et comment ?

– Maman dit que tu l'as empoignée, malmenée…

– Elle dit que tu t'emportes quand tu as bu, et qu'il y a eu une escalade dans ta consommation d'alcool…

– "Escalade"… c'est un bien grand mot, non ? Et où sont les preuves qui étayent ces accusations ?

– Maman nous a raconté…

– Maman a dit… »

Papa éleva la voix pour appeler maman : « Hé, "maman" ! Viens ici, "maman" ! "Papa" fait l'objet de graves accusations.

– Tu es ivre, papa. Bon Dieu !

– Ne crie pas comme ça, papa. Tu-tu ne peux pas crier comme ça après maman…

– Ah non ? À qui appartient cette maison, bon Dieu ? *Qui commande, ici ?* "Maman" ! "MAMAN" ! »

Sagement, Irina ne se montra pas. Elle s'était peut-être réfugiée dans une autre partie de la maison.

« Tu es complètement *ivre*, papa. C'est de cela que nous sommes venus parler…

– Qu'est-ce que c'est que cette "intervention" de merde ? La famille qui se ligue contre le père ? Ça vient de qui ?

– Nous ne sommes pas contre toi, papa. Nous voulons juste…

– … savoir si quelque chose ne v-va pas…

– … dans ta vie, si…

– … si quelque chose…

– Écoutez, les garçons. » (Je prononçai ce mot d'un ton très calme, et même affectueux. Personne n'aurait pu prendre cette sollicitude pour de la moquerie ou de la fureur.) « C'est votre mère dont les émotions sont instables en ce moment.

Les femmes de son âge, vous savez… la “ménopause”. Et elle s'épuise à travailler dans cette satanée école quaker qui, plutôt que de verser des salaires décents, la paie en supériorité morale, elle et ses collègues gauchistes, on ne fait pas plus sectaire… l'*escalade*, elle est là. Interrogez-la ! Cuisinez-la ! Faites son procès ! Et je ne suis *pas ivre*. »

C'était vrai, je n'avais bu que du vin blanc à table. Rien que du vin blanc, pour ce que les garçons en savaient.

Dommage que tu n'aies pas une arme à feu dans cette maison.

Les garçons ne manqueraient pas de respect à leur père s'il était correctement armé.

Je repoussai ma chaise. Parvins à me lever et à quitter la pièce avec dignité.

Naturellement, ils m'appelèrent : « Papa ? Hé, papa… »

Naturellement, ils me suivirent : « Papa ? S'il te plaît, nous voulons juste parler… »

Et Irina me suivit aussi, mais en restant prudemment à distance : « Andrew ? Chéri, s'il te plaît… »

Hors de la maison, et dans la Jaguar. J'avais besoin d'air.

Tu ne les aimes pas, c'est de la foutaise.

Tu ne les as jamais aimés, et tu le sais.

Tu as fait assez de sacrifices pour eux, monsieur Bien-sous-tous-rapports.

Maintenant… c'est ton tour.

Et puis – je le vis ! – dans East Elm Ridge Road, un cycliste roulant dans la même direction que moi. Et aucun témoin en vue.

C'était Huang Lee. Je le sus immédiatement. Grand et mince, tout en jambes et en bras, portant le sweat-shirt bordeaux de l'école des Amis (Irina avait le même) et coiffé d'un casque jaune vif. Alors que je me rapprochais de lui, par de rapides pressions sur la pédale d'accélérateur, je vis ou commençai à voir son visage aplati d'Asiatique… quand il se tourna pour regarder par-dessus son épaule, pressentant brusquement un danger… mais trop tard.

Allez rôtir en enfer. Tous autant que vous êtes.

30
Délit de fuite

« Mon Dieu. Non. »

Alors même que le cycliste tournait la tête, j'avais vu – mon cerveau avait enregistré le fait – que ce n'était pas un homme adulte mais un adolescent : traits asiatiques, cheveux de jais visibles sous le casque jaune vif, yeux noirs agrandis de terreur : *pas Huang Lee*. Mais il était trop tard : la Jaguar emboutit le cycliste dans une confusion de membres humains battant l'air, de hurlements, de métal fracassant le métal, et le vélo s'aplatit sous le poids mortel de la voiture…

Le garçon fut projeté sur le bas-côté, telle une poupée de chiffon. Aussi soudainement qu'il s'était mis à hurler, il cessa de hurler.

Une mince ligne rouge sous le casque jaune vif, gouttant sur le bitume. Une mince ligne rouge qui deviendrait flot bouillonnant quelques secondes plus tard… si quelqu'un avait été encore là pour voir.

31
Changement de décor

Le lendemain matin, je téléphonai à mon agent de New York. C'est-à-dire à l'agent de longue date d'Andrew J. Rush.

Je lui dis rapidement les mots que j'avais appris par cœur, comme pour prévenir toute émotion :

« Je… j'ai décidé de prendre ma retraite, Barney. Je ne finirai pas ce dernier roman. Franchement, c'est au-dessus de mes forces. Je n'en ai même pas le titre, au bout de près d'un an. »

Barney fut stupéfait. Il connaissait « Andy Rush » depuis plus de trente ans : toujours optimiste, invariablement de bonne humeur… que se passait-il ?

« De quel roman s'agit-il, Andy ? *Entrelacs* ? Ce n'est pas son titre ?

– Non. Il n'a pas de titre. Je ne lui ai jamais trouvé de titre.

– Il faudrait que nous en discutions, Andrew. Tu en as parlé à quelqu'un d'autre ?

– Non. »

Mais je me dis aussitôt que *si*.

« Tu n'as pas l'air dans ton assiette, Andy. Es-tu… malade ? Il s'est passé quelque chose dans ton coin ? »

Dans ton coin était la façon dont mes amis new-yorkais désignaient le New Jersey quasi rural. Un ton de discrète dérision auquel je ripostais généralement par une plaisanterie spirituelle sur le rythme frénétique de la ville, les prix prohibitifs de l'immobilier, les restaurants branchés où l'on ne s'entendait plus. Mais ce jour-là, Andy Rush garda le silence.

« Andy ? Tu en as parlé avec Irina ?

– Irina n'est pas là en ce moment, Barney. Je vais raccrocher.

– Attends ! Où est Irina ?

– Je t'ai dit qu'elle n'était pas là. Si tu veux lui parler, ça vous regarde.

– Qu'est-ce que ça veut dire ? Irina et toi… vous vous êtes séparés ?

– Je vais raccrocher, Barney. Ne rappelle pas, s'il te plaît.

– Pour l'amour du ciel, Andy, il faut que je te voie… Je prends un train aujourd'hui même. Cet après-midi ? Ça te va ? Vers seize heures ? »

Raccroche. Et ne réponds pas quand il rappellera.

Supprime ses courriels. Barney finira par comprendre.

Je passai une grande partie de la journée dans mon bureau à ébaucher les romans suivants du Valet de pique. Ils auront pour cadre des lieux exotiques et cinématographiques, des ambiances luxueuses : Tanger, Lisbonne, Haïti, la côte amalfitaine, ou peut-être la Sicile. Shanghai ?

Le Valet de pique ayant perdu tout intérêt pour le New Jersey, un changement de décor s'impose.

Très excitant ! Mes doigts volent sur le clavier, mon cœur bat à tout rompre.

Ces romans du Valet de pique allieront un peu de la complexité des intrigues de A. Rush au viscéral, à la crudité et au rythme endiablé du Valet de pique. *Un mélange des ADN de*

Stephen King, Mickey Spillane, Clive Barker, Jack Ketchum, Chuck Palahniuk, plus des carnages à retourner les tripes… Une euphorie brûlante m'embrasa.

32
Autosuppression

Ce matin, j'ai pris ma décision.

En contemplant avec épouvante la photo de Benjamin Chang, dix-sept ans, dans le journal : *L'élève de terminale de l'école des Amis, victime d'un accident avec délit de fuite alors qu'il rentrait chez lui à vélo, est dans un état critique à l'hôpital de New Brunswick. Aucun témoin ne s'est présenté.*

La seule manière de débarrasser le monde du Valet de pique est de débarrasser le monde d'Andrew J. Rush.

« Il faut qu'on l'arrête. *Il faut qu'on m'arrête.* »

Il faut que ce soit Catamount Park. La carrière, les rochers au-dessus de l'eau profonde, le haut plongeoir.

Un cercle parfait.

Très chère Irina,

Souviens-toi de moi tel que j'étais quand tu m'aimais.

Sache, je t'en prie, que je n'ai jamais cessé de t'aimer.

Je vous quitte, toi et les enfants, parce que je suis un danger pour vous.

*

Si tu lis ceci, j'ai déjà quitté ce monde.
Tu connais les détails de mon testament, tu es mon exécutrice.
Je laisse des instructions détaillées dans cette enveloppe.

Je voudrais dire : ce n'est pas ma faute.
Et cependant : c'est ma faute.
Pardonne-moi, je t'en prie !

Ton mari aimant
Andrew

Il est remarquable de constater le temps dont on dispose, dans une maison vide.

Le temps se dilate pour remplir un vaste espace vacant.

Plus de temps qu'il n'en faut pour écrire aux autorités de Harbourton des lettres avouant le meurtre à la hache de C. W. Haider et le vol de ses livres précieux, ainsi que l'« accident avec délit de fuite » impliquant Benjamin Chang. Plus de temps qu'il n'en faut pour sortir les livres dérobés de mes étagères et pour les placer, ainsi que l'exemplaire dérobé de *Glowering*, bien en vue sur une table voisine.

Dans l'enveloppe destinée à Irina, je laisserai des chèques – de cinq cent mille dollars chacun – à l'ordre d'Esdra Staples et de Benjamin Chang. J'expliquerai à Irina la raison d'être de ces chèques et l'implorerai d'honorer ma requête, ce que je ne doute pas qu'elle fera.

Dieu sait que c'est une bien petite réparation.

Arrête ! Tu es fou ? Tu bluffes.

Un stratagème futile et stupide d'Andrew J. Rush. Une tentative désespérée pour voler la fin de l'histoire au Valet de pique…

La Jaguar cabossée restera dans le garage, inutilisée. Elle est devenue le véhicule de la honte, et (je pense savoir que) Irina se hâtera de la vendre.

La petite flasque d'argent est remplie, pour la dernière fois.

C'est ça… bois un coup ! Ou plutôt deux.

Un peu de whisky pour éclaircir un esprit embrouillé.

Mais plus j'ai l'esprit clair, plus je suis inflexible sur la question de l'*autosuppression.*

À Catamount Park, j'ai garé mon break près de l'entrée de la carrière. En cette journée froide de début de printemps, le parc est désert.

Un ciel d'un bleu si vif que mes yeux se remplissent de larmes.

Le trajet jusqu'à la carrière est plus long que dans mon souvenir. Je suis déjà essoufflé quand je commence à escalader en crabe les rochers difformes couleur d'argile (défigurés à présent par des graffitis), une entreprise moins aisée pour moi à cinquante-quatre ans qu'elle ne l'était à douze ans, la dernière fois que je m'étais trouvé là.

Laisse tomber le sentimentalisme ! Tu te fiches pas mal de ton frère mort, au point d'avoir oublié son visage.

Là, le plongeoir de fortune. Il ne semble guère avoir changé.

Mais il est moins haut que dans mon souvenir. Quatre mètres ? Trois mètres ?

Une croûte de glace sur l'eau noire comme une paupière protégeant un œil.

Que fais-tu ? Tu es fou ?

Tu joues la comédie ? C'est ça ?

J'ai lesté de grosses pierres les nombreuses poches de mon blouson en nylon et de mon pantalon kaki. J'ai chaussé de lourdes chaussures de randonnée qui plombent mes chevilles.

Avec beaucoup de précaution, je monte les barreaux de métal jusqu'au sommet de l'échelle et, avec beaucoup de précaution, je m'avance sur le plongeoir. Comme l'air est froid, tout à coup ! Et moins immobile qu'il ne semblait l'être au niveau du sol.

Une bouffée de panique à l'idée d'être déséquilibré par une rafale et de tomber dans l'eau noire glacée avant d'y être prêt…

Tant d'années ont passé, tant d'années où j'étais en vie alors qu'Evan était mort.

« Je regrette, Evan. Ce que j'ai pu faire ou imaginé faire a projeté son ombre sur toute mon existence. »

Foutaises. Tu étais jaloux de ton frère cadet et tu l'as poussé.

Tu ne voulais peut-être pas qu'il meure… mais il est mort.

Je sauterai du bout du plongeoir et tomberai à pic, les bras collés au corps. Je tomberai à pic, les pieds en avant.

Je fendrai l'eau avec la vitesse d'une lame, dérangeant la mince croûte de glace.

Quelques rides effrayées à la surface de l'eau, puis je sombrerai dans les profondeurs. Mais personne ne criera, personne ne verra.

Ce gamin ! Il ne nage pas, il se noie…

Il faut appeler à l'aide : ce gamin…

Au bout du plongeoir, je me tiens immobile. Un voile noir obscurcit ma vision, tout est brouillé devant mes yeux. Le froid et une excitation presque insupportable me font grelotter.

« Il n'y a pas d'autre issue. C'est la bonne décision. »

Pour détruire le mal, nous devons détruire l'être habité par le mal, même s'il s'agit de nous-même.

Je pense que je mourrai sous l'effet de ce choc brutal, car je n'ai plus douze ans. J'en ai cinquante-quatre, et j'ai parfois eu des douleurs au cœur, rappelant des crampes musculaires. Je n'en ai rien dit à personne, car j'avais honte de ma mortalité, et peur du sens même du mot *mortalité*. Je mourrai de la pression de l'eau glacée contre ma poitrine, mon visage, mes yeux. Si j'ai de la chance, le choc me fera perdre connaissance en quelques secondes. Comme n'importe quel être qui se noie, je chercherai désespérément à respirer, mais ce sera de l'eau qui entrera dans mes poumons.

Non. Tu ne le feras pas. Pour me tuer, tu dois te tuer toi-même. Et tu es faible, tu es lâche. Tu ne le feras pas.

Tout au bout du haut plongeoir. Il y a du mouvement ici, un mouvement imperceptible de la planche, le faible craquement du bois sous mon poids. Au-dessus, le ciel est si bleu qu'il me transperce les yeux. Je me tiens parfaitement immobile, très droit, les épaules carrées et la tête haute. Dans mes poches, de lourdes pierres. Blouson de nylon, pantalon kaki. Le Valet de pique m'a observé avec dédain et dérision, et cependant il comprend maintenant que je suis sérieux et son rire devient âpre, incrédule. *Tu ne peux pas. Tu ne le feras pas. Va-t'en rôtir en enfer, TU NE LE FERAS PAS.*

Mais je respire profondément, à présent, avec conviction. Je sens le mouvement, léger comme un souffle, de quelqu'un ou quelque chose derrière moi.

Mes cheveux se hérissent sur ma nuque, dans une extase d'attente. Je ne me retourne pas, je ne tressaille pas quand les doigts m'effleurent doucement et me poussent dans le vide.

Table

I

II

III

Du même auteur
(suite)

Mariages et infidélités
Le Pays des merveilles
Une éducation sentimentale
Bellefleur
Eux
L'Homme que les femmes adoraient
Les Mystères de Winterthurn
Souvenez-vous de ces années-là
Cette saveur amère de l'amour
Solstice
Le Rendez-vous
Le Goût de l'Amérique
Confessions d'un gang de filles
Corky
Zombi
Nous étions les Mulvaney
Man Crazy
Blonde
Mon cœur mis à nu
Johnny Blues
Infidèle
Hudson River
Je vous emmène
La Fille tatouée

Aux éditions Actes Sud
Premier amour
En cas de meurtre
Reflets en eau trouble

Aux éditions du Félin
Au commencement était la vie
Un amour noir

Aux éditions Tristram
De la boxe

Aux éditions Les Allusifs
Le Triomphe du singe-araignée

Cet ouvrage a été achevé d'imprimer
en janvier 2017 dans les ateliers de
Normandie Roto Impression s.a.s.
61250 Lonrai

N° d'imprimeur : 1700188
Dépôt légal : mars 2017
ISBN : 978-2-84876-585-3
Imprimé en France